나대지 마라___슬픔아

나대지 마라___슬픔아

전용호 에세이

사과나무

나대지 마라, 슬픔아

초판 1쇄 발행   2020년 1월 15일

지은이   전용호
펴낸곳   도서출판 사과나무
펴낸이   권정자
등록번호   1996년 9월 30일(제11-123)
주소   경기도 고양시 덕양구 충장로 123번길 26, 301-1208
전화   (031) 978-3436
팩스   (031) 978-2835
이메일   bookpd@hanmail.net
블로그   http://blog.naver.com/giruhan
트위터   @saganamubook

ISBN   978-89-6726-043-9 03810

* 값은 뒤표지에 있습니다.
* 이 도서는 제3회 경기 히든작가 공모전 당선작입니다.

이 도서의 국립중앙도서관 출판시도서목록(CIP)은 서지정보유통지원시스템 홈페이지(http://seoji.nl.go.kr)와 국가자료공동목록시스템(http://www.nl.go.kr/kolisnet)에서 이용하실 수 있습니다.(CIP제어번호: CIP2019049986)

아무것도 움직이지 못하고
눈만 껌벅거리는 게 익숙해졌다.
일기 쓰기가 어렵다.
아직 하고 싶은 말이 많은데.

그리고 너는 내 안에 살아간다

‘희귀’라는 말은 평범한 내 인생과는 거리가 먼 줄 알았다. 뉴스에서 나오는 일은 그저 미디어 속 세계이고 운 나쁜 사람들에게 일어나는 일이라고. 하지만 아니었다. 평생 고생만 했던 내 엄마가 루게릭병에 걸렸다. 그때부터 내 인생은 ‘희귀’해졌다.

루게릭병은 뇌와 척수에 있는 운동신경세포가 파괴되는 희귀난치성 질환이다. 아직까지 명확한 원인이 밝혀지지 않았다. 이 병은 근육을 약해지게 만드는데 처음에는 손가락으로 시작해서 손, 발, 혀, 목, 결국에는 호흡까지 다다른다. 그래서 대부분의 환자들은 질식사로 생을 마감한다.

많은 사람들이 이 병에 대해 잘 모르고 있다. 그럼 나는 혹시 아이스버킷 챌린지를 아냐고 묻는다. 연예인과 유명인들이 얼음물을 뒤집어쓰는 행위. 차가움에 몸이 굳는 고통으로 루게릭병 환자들의 고통을 공감해보는 사회운동이었다. 얼음물로 몸이 굳는 건 잠시 잠깐이지만, 루게릭병 환자는 수 년, 심지어 수십 년 동안 점점 굳어가는 몸을 견디며 살아가야 한다. 잠을 자다가 가위에 눌려 몸이 일시적으로 마비되어도 끔찍한데 루게릭병을 견디는 엄마에게는 1분 1초가 고통의 나날이었을 것이다.

나의 20대의 모든 추억마다 엄마가 있었다. 아니, 전부라고 해야 맞겠다. 나의 20대는 엄마의 50대와 겹친다. 20살 때부터 28살 때까지 매일 엄마를 병간호 했다. 8년이란 세월은 하루하루가 깊은 흉터로 남아 내 몸은 상처투성이가 되었다. 이제 그 자국들은 희미해졌지만 고통만은 선명히 기억하고 있다. 많은 아픔 속에 소박한 기쁨이 있었다. 엄마의 웃음을 볼 때 하루의 보람을 느꼈다. 그리고 엄마의 눈물을 볼 때 하루 종일 우울했다.

내가 두 발로 밖에 나가는 모습을 보고 엄마가 부러워할까 두려워 한참 동안 대문 밖을 나가지 않은 적이 있었다. 그리고 오랜만에 밖에 나갔을 때 집 앞에 있던 오래된 건물이 새 건물로 바뀐 걸 보고 그 자리에 주저앉아 한참을 울었다. 시간이 지날수록 희망을 등지고 천천히 포기를 배워 나갔다. 이 배움의 끝에서 비로소 평온을 찾을 수 있었다.

이 책은 내 이야기이자 내 엄마의 이야기다. 정말 많은 일이 있었고 그중에 꼭 하고 싶은 이야기를 썼다. 이 책을 읽은 독자가 책에 없는 이야기를 내게 묻는 날이 왔으면 좋겠다. 내 엄마가 살아 있었다는 걸 좀 더 많은 사람들이 알아줬으면 좋겠다. 엄마는 어릴 적부터 글쓰기를 꿈꿨고 남들에게 보여주길 원했다. 그게 내가 이 책을 쓴 목적이다.

차례

제2장

짧아지는 날들

●

제3장

가족

제5장

떠나지 못한 여행

제1장

믿고
싶다

듣고 싶지 않을 이야기

어릴 적 평범한 삶이 싫어 이 악물고 달려왔는데, 요즘 들어 내 인생이 기구하지 않았다면 어땠을까라는 생각이 든다. 정말 그랬다면 지금과는 다르겠지. 세상이야 한 알의 밀알조차 바뀌지 않겠지만 모레먼지보다 작은 내 가족의 인생살이는 몰라보게 변해 있을 거다.

더 이상 쌓아올릴 불행이 없는 우리에게 보통의 나날이 찾아온다면 지금쯤 누나는 좋은 남자를 만나 결혼을 하고 아빠는 소방관을 일찍이 은퇴한 뒤 자신이 하고 싶은 걸 하며 살고 있을 테고 엄마는 뭐하고 있을까? 안방에 누워 있을까? 마루에 앉아 있을까? 밖에서 걸어 다니고 있을까? 우연히 만난 타인과 대화를 하고 있진 않을까?

상상이 안 된다. 아무리 노력해도, 머리를 쥐어짜도 엄마의 그런 모습들이 떠오르지 않는다. 내가 살아온 세상엔 평범한 엄마는 이미 지워진 지 오래니까.

스무 살 시절, 나는 야간 대학을 다니고 있었다. 원래 대학에 진학하고 싶지 않았다. 개나 소나 다 가는 대학보다 남들과 다른 경험을 가지고 싶었다. 해외로 나가 갈망하던 자유를 향해 살길 원했다. 하지만 부모님은 원치 않았다. 부모님은 학벌에 대한 한이 있었다. 젊었을 때 대학을 못 가서 차별받은 설움 때문에 너라도 대학을 꼭 갔으면 좋겠다고 부탁했다. 나는 그 말을 거절할 수 없었다. 미래를 그렸던 도화지를 잠시 접었다. 대신 집 근처 대학에 입학했다. 정말 바쁘게 살았다. 낮에는 콜센터에서 일을 하고 저녁에 야간대학에 다녔다. 주말에는 유명 빵집에서 아르바이트를 했다. 그러다 남들과 다른 경험을 하고 싶어 학생회 임원을 했다. 빵집에서는 매니저 제의를 받았다. 다른 아르바이트생들보다 한참 나이가 어렸는데. 열심히 살았다. 비범해지기 위해.

그 당시 내 가족은 순탄한 길을 걷고 있었다. 집에서 항상 문제를 일으키던 누나는 대학교 기숙사 생활을 시작하면서 더 이상 연쇄사건을 일으키지 않았다. 아빠는 대부분의 여가 시간을 밖에서 보냈다. 보통의 가장이라면 걱정이 되겠지만 아빠는 어디를 가도 모범인 사람이라 안심이 됐다. 반면에 엄마는 집 안에만 있었다. 가끔 식사를 차려주거나 드라마 보는 시간을 제외하곤 하루 종일 미싱일을 했다. 그 외에는 없었다. 엄마의 삶은 그게 다였다.

어느 날, 저녁 늦게 집에 와보니 엄마가 보이지 않았다. 이상했다. 항상 안방에서 미싱을 돌리거나 마루에 누워 드라마를 보고 있을 텐데. 집순이인 엄마가 안 보이니 의아했다. 장을 보러 갔거나 동네 아줌마들끼리 모였나 보지. 크게 신경쓰지 않고 내 할 일을 하며 엄마를 기다렸다. 가끔 가다 시계를 봤다. 파란 하늘이 붉은 노을이 되고 어느덧 내 맘과 같은 새까만 밤이 되었다. 하지만 엄마는 집에 오지 않았다. 고등학교 때 산 벽시계에 초침이 없다는 걸 이제야 알았다.

엄마에게 전화를 걸었다. 고요한 기계의 송신음이 일정

한 패턴으로 응답했다. 다시 전화를 걸었다. 적요한 공기 속에 엄마의 목소리를 찾아 헤매다 음성 사서함에 도착했다. 엄마가 받을 때까지 전화를 걸었다. 9번째에 겨우 받았다. 여보세요. 아무 말도 없다. 수화기에는 거칠어진 숨소리와 구겨 넣은 신음만이 들려왔다. 엄마 어디야. 어디냐고. 그제야 엄마는 대답했다. 그냥 집 근처에 있으니까 신경쓰지 말라며 급하게 전화를 끊었다. 그때는 그냥 그런가 싶었다. 누구나 비밀 하나 정도는 가지고 있으니까. 아무리 가족이래도 그 정도는 지켜줘야 하니까. 하지만 그날 이후 엄마가 집에 없는 날이 많아졌다. 나의 의구심은 커져만 갔다.

모두가 잠든 밤, 잠에서 깬 나는 화장실에 가고 있었다. 안방에서 작은 대화 소리가 들렸다. 발걸음을 멈췄다. 이 시간에 무슨 대화를 하길래 안 자고 있을까? 안방 문 벌어진 작은 틈 사이로 내 눈과 귀를 갖다 댔다. 아빠와 엄마가 있었다. 그리고 둘 사이에 엄마가 왜 집을 비우는지에 대한 이유가 있었다.

엄마가 떨리는 목소리로 말했다. 오른손에 힘이 빠지고

있다고. 모를 병에 걸린 거 같다고. 아빠에게 어떻게 해야 하냐며 바닥에 주저앉았다. 어린 소녀처럼 두 손으로 얼굴을 폭 감싼 채 울음을 터뜨렸다. 살면서 처음으로 엄마가 우는 걸 봤다. 엄마는 병을 찾아다니느라 집을 비우고 있었다. 하루 종일 병원이란 병원은 다 찾아가 '내 안에 있는 병의 이름 좀 가르쳐 달라'고 헤매고 있었다.

나는 안방 문을 열고 엄마에게 달려가고 싶었다. 엄마를 안아주며 위로해주고 싶었다. 괜찮아. 걱정 마. 우리가 있잖아. 하지만 엄마가 나에게 직접 말해주기 전까진 모르는 척하기로 했다. 엄마에게 있어서 나는 기댈 수 있는 나무가 아니었다. 이제 꽃봉오리가 피기 시작한 프리지아라는 여린 꽃에 불과했다.

병원 가기가 싫다. 지겹다. 냄새도 싫다. 의사도 싫다. 좋아서 가는 데도 아닌데. 팔에 생긴 주사 구멍이 지워지지 않는다. 아무리 문질러도 소용이 없다.

삼킬 수 없는 응어리

　　　　　　다음 날, 수많은 경쟁자들을 뚫고 고생해서
들어간 학생회를 그만뒀다. 곧 있으면 매니저로 승진시켜
준다던 유명 빵집 일도 그만두기로 했다. 양손에 아무것
도 없는 허공을 움켜쥐고 집으로 돌아왔다. 여전히 엄마
는 집에서 보이지 않았다. 나는 아무 말 없이 집안 살림을
시작했다.

　설거지, 빨래, 청소 같은 집안일을 내가 언제 했던가. 생
각해보니 매년 딱 2번씩 했었다. 5월 8일 어버이날과 8월
1일 엄마의 생일날. 이제 이걸 매일 해야 한다고 생각하
니 여간 귀찮을 수가 없다. 학생회실이나 빵집에서 일할

때는 이런 감정이 들지 않았는데. 그것들은 대가가 돌아 왔다. 돈과 명예라는 보이는 결정체로. 그에 반해 집안일 은 그러지 않았다. 돌아오는 것은 아무것도 없었다.

집안일 중 가장 하기 싫었던 건 '화장실 휴지통 비우기' 였다. 평생을 아무 생각 없이 휴지를 버렸었다. 이렇게 더 러운 걸 어떻게 매번 치우지? 엄마는 했다. 항상. 단 한 번 의 불평 없이. 내가 집안일을 하면서 엄마가 가장 기뻐했 던 순간도 화장실 휴지통이 비워졌을 때다. 그때 집안일 을 하면서 처음으로 대가를 얻었다. 그건 학생회나 빵집 에서는 절대 얻을 수 없을 보이지 않는 비결정체였다.

시간이 지날수록 엄마의 외출은 더욱 잦아졌고 집에는 흰 종이들이 산처럼 쌓여갔다. 아무도 없을 때 몰래 봤다. 수많은 병원에서 받은 진단 결과였다. 병명 난에는 모르 거나 알 수 없다는 내용들뿐이었다. 병을 알아야 어떻게 치료를 하든 할 텐데. 엄마는 누구에게도 같이 가지고 말 하지 못한 채 홀로 병을 찾아다녔다. 불안한 마음을 곱씹 으며. 아무도 엄마의 곁에 없을 때 두려움과 외로움만이 엄마의 곁을 지켜줬다.

시간이 어느 정도 지나자 엄마는 나에게 할 말이 있다며 안방으로 불렀다. 그리고 말했다. 병이 있다고. 병명은 '진동 증후군'인 거 같다고. 미싱 일을 할 때 진동으로 생긴 직업병일 수 있다고. 하지만. 잘하면. 아니 어쩌면 희귀병인 '근위축성 측색 경화증'이라는 난생 처음 듣는 병일 수도 있다고 했다. 만약 후자의 병이라면 2년 안에 죽는다고, 아무렇지도 않게 말했다. 마치 형장에서 자신이 매달릴 십자가를 높이 들어 달라는 잔 다르크처럼. 엄마는 아빠에게 연약한 여자이지만 나에게는 강인한 엄마로 보이고 싶어 했다.

얼마 지나지 않아 아무도 알려주지 않았던 병명을 한양대 병원에서 알려줬다. '진동 증후군'이 아니었다. 살면서 두 번째로 듣는 '근위축성 측색 경화증'이었다. 이 병의 또 다른 이름은 '루게릭병'이다.

엄마가 루게릭병에 걸렸다. 하지만 이상하게도 슬프거나 괴롭다고 느껴지지 않았다. 엄마가 나에게 보여준 담담했던 모습처럼 나 또한 덤덤했다. 머리로는 받아들였지만 마음으로는 거부하고 있었다.

하나님이 나를 시험하신다. 나는 변하지 않는다. 변하고 싶지도 않다. 그저 살고 싶다.

살아갈 수 있을까

그만둔 빵집에서 연락이 왔다. 사람이 없어서 그런데 오전 파트만 일해 줄 수 있냐고. 일할 기분은 아니었지만 사정사정해서 어쩔 수 없이 동의했다. 불편한 마음으로 일했다. 빵들을 포장하고 손님들에게 팔았다. 빵집에 있으면서 다시 내 삶이 정상적으로 돌아온 것 같았다.

점심시간이 되고 잠시 화장실에 갔다. 그때 같은 학년의 형에게 전화가 왔다. 네, 형. 무슨 일이세요? 선배는 요즘 내가 이상해 보인다고, 걱정이 돼서 연락한 거라고 했다. 나는 길쭉하게 자라려는 코를 짓누르며 별일 없다고 말했다. 하지만 말로는 거짓말할 수 있어도 목소리론 속일 수가 없었나 보다. 형은 화를 냈다. 거짓말하지 말라며 꼬치꼬치 캐물었다. 결국 나는 내 안의 응어리를 꺼냈다. 엄마가 아프다고 아무렇지 않게 답하고 싶었다. 그런데 그게 안 되더라. 말을 시작하자마자 목이 메어왔다. 숨이 막히고 얼굴에 경련이 일어나며 끓어오른 용암처럼 눈물이 터져버렸다. 불 꺼진 화장실에서 쪼그린 채 하염없이 울었다. 그제야 마음으로 인식했다. 엄마가 2년 안에 죽는다는 걸.

주말이 되자 누나가 집으로 왔다. 철없는 누나는 매주 아빠에게 데리러 오고 데려다 달라고 명령한다. 왕복 4시간 거리다. 아빠는 딸의 부탁을 거절한 적이 없다. 아빠가 주말에 일을 하면 대부분 야간이나 당번이라서 피곤이 정점에 있을 때다. 애석하게도 누나는 타인의 입장은 별 관심이 없었다. 그런 사람이라 엄마는 아직 누나에게 루게릭병에 대해 얘기하지 않았다.

저녁에 누나는 배고프다고 밥 달라며 생떼를 부렸다. 병원이 쉬는 날에 맞춰 휴식을 취하고 있는 엄마한테. 내가 나서서 누나에게 라면을 끓여줬다. 게걸스럽게 먹는 누나의 모습을 멍하니 바라봤다. 앞으로 힘들겠다.

밤하늘에 잔뜩 낀 구름 때문에 달이 보이지 않던 날, 아빠는 나에게 산책을 가자고 했다. 성인이 된 이후 처음으로 아빠와 산책을 나갔다. 서로 입이 없는 사람처럼 아무 말 없이 걸었다. 비록 귀는 심심했을지 몰라도 마음은 시끄러워 했다. 그러다 아빠가 먼저 입을 열었다. 엄마가 고칠 수 없는 병에 걸렸는데 어떤 방법을 찾을 수 있을지, 앞으로 어떻게 해야 할지 모르겠다며 한숨을 내쉬었다. 그 말에 한편으론 고맙고 다른 한편으론 마음이 아팠다. 나를 믿어줘서, 그리고 말할 사람이 나밖에 없어서. 나는 아빠에게 말했다. 전 재산을 털어서라도 해줘요. 나는 집 안이 거덜나도 상관없어요. 엄마가 좋아하는 개떡이나 사서 집에 가요. 아빠는 말없이 고개를 끄덕였다.

집에 돌아오니 엄마는 창고에 매달린 십자가 아래에서 기도하고 있었다. 간절하게 눈물을 쏟아내며. 나는 종교가 없지만 그날 밤 믿지도 않는 신에게 빌었다.

오늘은 하기 싫다. 감정을 말로 다 할 수 있겠나. 알
아듣지도 못하는데. 다만, 하나님께 속삭일 뿐.

보이지 않는 소리

행복의 기원은 무엇일까. 불행의 기원은 엄마의 병을 통해 알게 되었는데. 가족들과 금식 기도원에 갔다. 짐은 거의 없었다. 그곳에 가져갈 건 오로지 간절함뿐이다. 누나와 나는 신에 대한 믿음이 없었다. 그래서 우린 그나마 있는 짐을 들었고 부모님은 양손에 신앙심을 움켜쥐었다.

기도원은 학창 시절에 가던 수련원만큼 크고 낡아 보였다. 꽃구경 하러 온 것도 아닌데 건물들 사이로 벚꽃이 만개해 있었다. 그 아래로 지나가는 사람들은 아름답게 떨어지는 꽃잎을 보지 않고 이미 바닥에 자리잡은 추태를 짓누르며 교회로 향하고 있었다. 그들은 무슨 이유로 이곳에 왔을까.

기도원 안에 있는 방에 짐을 풀었다. 가족들이 오는 경우는 드문 일이라 우리가 머무를 큰 방이 있는 건물은 몇 개 안되었다. 대부분의 방은 1~2인실로 구성되어 있었고 숙소의 가격은 저렴했지만 그나마도 돈 없는 사람들은 교회에서 잔다고 한다. 방의 전체를 감싼 누런 벽지에서 냄새가 날 것 같았다. 이 방은 수많은 사람들을 맞이하고 떠나보냈다. 그들은 제각기 다른 소망을 품었을 텐데 그중 신은 얼마의 사람들에게 응답해줬을까.

우린 이곳에서 3일 동안 금식 기도를 하기로 했다. 예수가 사흘 만에 부활한 것처럼 엄마의 병이 치유되길 원했다. 하루 정도야 굶어본 적이 많았지만 그 이상을 하는 건 이번이 처음이었다. 불안한 마음이 증폭했다. 하지만 아빠는 하루를 더해 홀로 나흘이나 금식하기로 했다. 불만과 불평은 한동안 침묵하기로 했다.

예배 시간은 아침부터 저녁까지 계속됐다. 일주일에 한

번도 안 가는 예배를 하루 종일 들었다. 목사가 무슨 말을 했는지는 기억도 나지 않는다. 관심이 없었으니까. 그저 아버지와 어머니가 보이지도 않은 존재에게 갈구하는 모습을 한없이 지켜봤다. 나도 그 누구보다 절실한데 믿는 게 없어 가만히 앉아 있었다.

하루가 지나자 누나는 상당히 배고팠는지 성을 내기 시작했다. 다들 배고픔에 예민한 상태였지만 대꾸할 힘이 없어 무시했다. 때마침 안내 방송에서 감자 캐기 할 자원봉사자를 찾았다. 감자를 캐면 먹을 걸 준다고 했다. 누나는 더 이상 예배 소리는 듣기도 싫다며 감자를 캐러 나갔다. 누나가 떠나고 우린 미소를 지었다.

저녁에 돌아온 누나는 피곤했는지 바로 잠이 들었다. 구운 감자 냄새가 우리의 콧속을 채우기 시작했다. 옷에도 감자 냄새도 밸 수 있다는 걸 처음 알았다. 누나에게 시골 냄새가 나는 이불을 덮어줬다. 누나는 은연중에 깨서 고맙다는 말을 남기고 다시 잤다.

사흘째 아침이 되었을 때 내 몸에 변화가 일어났다. 몸이 느려지고 아파왔다. 두통은 항상 내 곁에 있었던 녀석처럼 자연스럽게 아려 왔다. 48시간 이전까진 뱃속에 공허함만이 느껴졌는데. 그나마 나는 20대라 이 정도인데 아빠와 엄마는 얼마나 힘들까. 그러고 보니 아빠는 내일까지 해야 하는데. 두 분 다 광대뼈 밑으로 그림자가 드리워지고 있었다.

그날 밤 내 몸은 절정에 이르러 그림자마저 무겁게 느껴졌다. 누나는 금식 종료 정각에 맞춰 나를 데리고 밖으로 나왔다. 자판기가 놓여 있는 벤치 옆에 라면 자판기가 있었다. 정각을 지나 나흘째가 되자마자 우린 라면을 미친 듯이 먹었다. 나무젓가락이 나오지 않아 손으로 뜨거움을 참고 먹었다. 그때의 라면 맛은 지금도 잊지 못한다.

마지막 날, 엄마를 데리고 아침 식사로 녹두죽을 먹었다. 아빠는 굶주림에 힘이 없어 예배가 없는 틈마다 누워 있었다. 그 모습에 실수로 산송장 같다고 말했다가 엄마한테 혼났다. 아빠도 속으로 부글부글 끓었지만 몸이 움직이지 않아 눈만 파르르 떨었다. 마지막 예배 시간이 되고 누나를 포함한 가족들이 교회로 갔다. 우린 다 같이 기도했다. 주변으로 우리와 같이 응답에 목말라 있는 자들의 절규가 요동쳤다. 그들은 서로가 서로에게 북받친 감정을 전달했다. 내게도 넘겨졌다. 나는 엄마의 병으로 인해 바뀐 미래를 상상했다. 단 하나의 행복이 지나쳐 가고, 원치 않은 비극의 연속이 내 시야에서 겹쳐졌다. 그러다 눈물이 차올라 세상이 흐려졌고 내 미래는 이내 보이지 않게 되었다. 처음과 끝을 봤다. 앞으로 얼마나 더한 일이 생길지 깨닫고 비참해졌다. 과연 나는 어둠속에서 노래할 수 있을까.

자정이 지나자 아빠는 미리 사 놓은 흰죽을 먹었다. 반의반도 못 먹었다. 먹을 힘도 없다며 허기만 채우고 누워 버렸다. 엄마는 이루 말할 수 없는 표정을 지으며 아빠의 머리를 쓰다듬었다. 아침이 되자 아빠는 남겨 놓았던 흰죽을 마저 먹었다. 그리고 우린 기도원을 떠났다.

집으로 돌아가는 길에 노랗게 활짝 피어난 천수국이 보였다. 그것이 불행하고 잔인해서 울고 싶었다. 응답 없는 아우성만이 들리던 이곳에 다시 올 일이 있을까. 아빠는 갔다. 다음 달, 그리고 그 다음 달에도. 신이 그 모습에 감동받아 기적을 보여줄 것 같았지만 아빠는 넘쳐나는 신자들 중 하나이자 엄마는 수많은 환자들 중 하나에 불과했다.

　딸과 아들이 매년 전도대회 때 내 이름으로 친구들을 전도했다. 아직은 많이 부족하겠지만 하나님이 내 병을 치유해준다면 나는 평생을 전도하며 살 수 있다. 그러니 제발 응답해주셨으면 좋겠다. 나는 믿는다. 그리고 기다린다.

제2장

짧아지는 날들

640일

　　　　친구들과 신체검사를 받으러 병무청에 갔
다. 신체검사를 받으며 친구들끼리 군대 면제 받는 방법
에 대해 얘기했다. 분명 누군가 면제 받으려고 의사 앞에
서 바지를 내리고 똥을 쌀 거라고. 그러면 넌 그 옆에서
그 똥을 맛있게 먹으라고. 그러면 면제가 된다며 모두가
깔깔깔 웃었다. 하지만 나는 웃을 수 없었다.

　　나는 눈이 나빴다. 안경 없이 보는 세상은 사일런트 힐
처럼 뿌연 안개 속과 같았다. 그리고 남들의 시선을 사로
잡을 만큼 뚱뚱했다. 한마디로 고도비만이었다. 나는 가
만히만 있어도 면제였다. 하지만 군대에 가고 싶었다. 남

들처럼 멋지게 전역하고 싶었다.

　병무청에 가기 전날, 시력판을 전부 외웠다. 3일 동안 물만 마시고 굶었다. 이런 노력으로 겨우 현역 판정이 났다. 그제야 웃을 수 있었다. 하지만 그 당시에는 몰랐다. 엄마가 2년 안에 죽는 루게릭병에 걸릴 줄. 내가 전역하기 전에 엄마는 죽을 거라고 모두가 확신했다.

　입대 날, 훈련소 앞에서 머리를 밀었다. 마지막으로 가족들에게 작별인사를 할 시간을 가졌다. 가족들에게 몸 건강히 챙기고 남자가 되어 돌아오겠다고 말했다. 마지막으로 엄마에게 작별인사를 하려는데 어떤 말을 해야 할지 몰라 그냥 전역하면 개떡이나 만들어 먹자고 했다. 엄마는 알았다며 몸조심하라고 했다. 어쩌면 민간인의 신분으로 만나는 마지막 만남일지 모른다고 생각했다.

　나는 운전병으로 지원했었다. 일반 병사들은 바로 자대 배치를 할 때 운전병들은 한 달 동안 야전수송교육대에서 운전 훈련을 받는다. 최종적으로 대형 운전병이 됐다. 그리고 부대에서 특별한 선물을 줬다. 마지막 주말에 외박을 나갈 수 있는 기회였다. 가족들이 부대로 온다. 엄마를 볼 수 있다.

당일 날 행정반에서 나를 찾았다. 가족이 도착했다는 의미다. 군복을 입은 어린아이처럼 복도를 달렸다. 행정반에 직급이 높아 보이는 중년의 남성이 앉아 있었다. 거물급 사람인 줄 알고 소리쳐 경례했다. 그런데 다시 보니 아빠였다. 두 달 만에 아빠의 얼굴을 잊어버리다니. 아빠를 따라 주차장으로 갔다. 차 안에 누나와 엄마가 있었다. 드디어 만났다. 가장 먼저 엄마를 안아줬다.

예약한 펜션에 도착했다. 두 달밖에 안 지났는데 엄마의 오른손은 많이 약해져 있었다. 나를 위해 음식을 준비했다며 엄마 홀로 주방에 갔다. 나도 따라갔다. 엄마는 분명 오른손잡이였는데 왼손을 사용해 요리하고 있었다. 서투른 칼질과 어정쩡하게 포장지를 뜯는 모습을 보고 마음이 아려왔다. 이렇게 반가운 날에 의도치 않은 슬픈 분위기가 조성될까 봐 일부러 신나는 척했다. 배고프다며 빨리 밥해 달라고 어리광을 부렸다. 평상시 먹기 힘든 소불고기와 유명 메이커 치킨을 먹었다. 후식으로 참기름이

덕지덕지 발라진 개떡을 먹었다.

다음 날 아침이 되어 아빠는 내게 마지막으로 무엇을 하고 싶냐고 물었다. 난, 가족끼리 다 같이 하는 거면 아무거나 상관없어요. 펜션 내에 작은 마당이 있었다. 그곳에서 다 같이 공놀이를 했다. 축구도, 피구도 아닌 아무 규칙 없는 공놀이였다.

오늘은 대구에서 매실을 보내왔다. 혼자 할 수 없어 자고 있는 딸을 깨웠다. 그런데 낮잠을 깨웠다고 밖으로 나가버렸다. 매실 씻어야 되는데.

나 대 지 마 라

우리 버텨봐요

자대 배치를 받았다. 열심히 해서 선임들에게 예쁨도 받고 후임들에게 모범이 되겠다는 포부를 가지고 생활관에 들어갔다. 들어가자마자 뺨을 맞고 쓰러졌다. 어안이 벙벙했다. 내가 뭘 잘못했지? 나중에 맞선임에게 물었다. 제가 무엇을 실수했는지 잘 모르겠습니다. 맞선임은 대답했다. 첫날이니까 한 대 맞는 거라고. 내일은 두 대라고. 농담인 줄 알았는데 맞선임의 표정을 보고 진심이라는 걸 알았다.

다른 중대에서 우리 중대를 일명 구타 중대라고 불렀다. 군 생활은 정말 힘들었다. 유별나게 내 군번 동기들이 많다는 이유로 우리들은 폭행의 표적이 되었다. 하나 둘 환자가 되어 의무실에 실려 갔다. 그런데 그게 부러웠다. 당분간은 안 당하니까. 차라리 나도 동기들처럼 환자가 되고 싶었다. 옆구리에 있던 멍자국은 옮겨져 어느 새 내 마음에 자리잡아 버렸다.

집에 전화할 때마다 충동이 일어났다. 힘들어 죽겠다고 말하고 싶었다. 그렇게라도 이 응어리가 풀어지길 바랐다. 내가 말을 머뭇거리자 엄마는 내게 혹시 무슨 힘든 일이라도 있냐고 물었다. 나는 엄마에게 말했다. 엄마, 부대 사람들이 다들 천사같이 착해. 난 잘 지내고 있으니까 엄마도 나 나올 때까지 잘 지내고 있어. 알았지? 수화기를 내려놓은 순간 모든 걸 체념했다.

유격훈련 중 일병이 됐다. 살면서 처음으로 육체적 고통의 정점을 느꼈다. 훈련이 끝나고 바로 집에 전화를 걸었다. 아들이 그 지옥 같은 유격훈련을 받고 왔다고, 다친 데 하나 없이 잘했다고 자랑을 하고 칭찬을 듣고 싶었다. 그런데 오늘따라 전화기의 송신음 소리가 길었다. 전화를 받았다. 우는 소리가 들렸다. 엄마였다. 엄마는 수화기에 대고 소리쳤다. 살려 달라고. 죽고 싶지 않다고. 애처로운 소리로 부르짖었다. 내 귀가 먹먹해졌다. 아빠가 급하게 전화기를 뺏어 나에게 뭐라고 몇 마디를 하고는 전화를 끊었다. 고개를 돌려 전화 부스 밖 세상을 봤다. 장병들의 움직임이 슬로우 비디오처럼 보였다. 세상이 나 대신 술에 취해 준 것만 같았다. 내 몸에서 영혼이 빠져나갔다.

그날 이후로 실수가 잦아졌다. 대대 전체가 보는 시험에서 유일하게 만점을 받은 나였는데. 바보가 되어버렸다. 군 생활은 지옥에서 더 깊은 나락으로 떨어졌다.

누군가 내 이름을 불러도 심장이 털썩 내려앉았다. 행정반에서 울리는 전화벨 소리에도 다리에 힘이 풀렸다. 누군가 엄마의 죽음을 전할까 봐 무서웠다.

첫 휴가를 나왔을 때 왜 엄마가 그토록 힘들어하는지 알게 됐다. 누나는 나보다 세 살이 더 많다. 엄마는 이제 혼자서 할 수 있는 일이 적어졌고 다른 이의 손길이 반드시 필요했다. 때마침 누나도 대학을 졸업한 상태였다. 누나의 도움이 필요했다. 하지만 누나는 엄마의 병을 이해하지 못했다. 왜 자신이 엄마를 돌봐야 하는지, 왜 취직하고 독립할 수 없는지, 매일 따지고 화를 냈다. 그때 처음 군대에 간 걸 후회했다. 신체검사 때 가만히만 있었어도 내가 엄마의 곁에서 행복하게 해줄 수 있었을 텐데. 수없이 상상 속에서 과거를 바꿨다. 헛된 망상이다. 현실의 나는 대한민국을 지키는 자랑스러운 군인에 불과했다.

휴가를 나올 때마다 엄마와 누나의 싸움이 잦아졌다. 항상 강인했던 엄마는 점점 몸과 마음이 약해져 갔다. 어느 순간부터 엄마는 누나의 눈치를 보기 시작했다. 저런 누나라도 없으면 엄마는 살 수 없게 되었다.

엄마와 단둘이 있을 때 엄마에게 따지듯이 말했다. 엄마가 왜 눈치를 보는 거야. 평생 우릴 키워줬으면 이 정도 시키는 건 당연한 거 아냐? 그리고 앞으로 더 많이 시키게 될 텐데 그땐 어떻게 하려고 그래? 엄마는 아무 말도 하지 못했다. 나는 말을 이어갔다. 이건 엄마가 기준을 잡아야 해. 시킬 때 미안해하지 말고 당연한 것처럼 시켜. 안 하면 할 때까지 시키고 화 내. 그래야 시키는 게 당연해져. 안 그러면 죽을 때까지 자식들 눈치보다가 죽을 텐데 정말

나 대 지 마 라

그러다가 죽고 싶어? 엄마는 무슨 말인지 알겠다고 했다.

오랜만에 휴가를 나왔다. 휴가 중 주말에 엄마와 싸웠다. 나는 친구들과 놀고 나서 빨래를 널겠다고 했고 엄마는 지금 널라고 했다. 결국 엄마가 시키는 대로 했다. 나중에 화가 풀리고 나서 엄마한테 가서 잘했다고, 앞으로도 그렇게 하라고 했다. 엄마는 미소를 지었다. 엄마는 더 이상 눈치를 보지 않았다.

길에서 오랜만에 지인을 만났다. 반갑다며 내게 손을 내밀었다. 내가 손을 안 내밀자 기분 나빴는지 휙 하고 갔다. 나도 반갑고 악수하고 싶었다. 근데 이제 그게 안 된다. 미안해, 언니. 나 많이 아파.

모든 순간을 함께 해

상병 때 외박을 나왔다. 엄마의 오른손은 죽어 있었다. 더 이상 움직이지 않았다. 엄마는 걸을 때 바람에 흩날리는 오른손을 항상 주머니에 넣었다. 그렇게 강제로 왼손잡이가 되었다. 이제 남은 왼손이 모든 일을 혼자서 해야 했다. 그런데 왼손은 떠나버린 오른손이 그리웠는지 점점 약해지고 있었다.

부대로 돌아가기 전, 부모님과 함께 부대 근처에 있는 닭갈비를 먹으러 갔다. 그런데 엄마는 차에서 기다리겠다고 했다. 식당에서 손을 못 움직이는 모습이 창피하다는 게 이유였다. 하는 수 없이 엄마를 차에 남겨두고 외식을

나 대 지 마 라

했다. 평소에 좋아하던 닭갈비였지만 몇 점 먹지도 못하고 나왔다. 그날 이후로 우리 가족에게 더 이상 외식은 없었다.

일요일마다 부대 내 교회에 갔다. 이등병 때는 신병이라는 이유로 무조건 참석했지만 일병이 되고 나선 나 스스로 교회에 갔다. 간절했다. 한 주도 빠짐없이 엄마를 위해 기도를 했다. 절실하게 기도를 올린다면 기적이 일어나지 않을까. 그러다 어느새 교회 내 가장 높은 대대 군종이 되어 있었다. 이 소식을 전했을 때 가장 기뻐한 사람은 엄마였다. 엄마는 정말 하나님이 자신을 치료해주시려는 것 같다고 했다. 기적이란 단어가 현실적으로 다가왔다.

국방부 시계는 정직하게 돌아간다. 드디어 이등병 때 꿈이었던 병장이 됐다. 이제 얼마 있으면 전역이다. 하지만 전역 날짜가 가까워질수록 불안한 마음도 커져갔다. 2년이 다 되어간다. 엄마의 사형선고가 내려진 날짜가. 그러다 불면증까지 생겼다.

어느 날, 친하게 지내던 간부가 갑자기 나를 불렀다. 그때 당시 폭행을 일삼았던 동기들이 단체로 영창을 갔었다. 나는 문제 한 번 일으킨 적이 없어 이런 류로 불려갈 일이 없었다. 그래서 직감적으로 엄마가 돌아가셨구나, 생각했다. 그런데 그 간부가 나를 부른 이유는 따로 있었다. 내가 취침 시간에 혼자 정신병자처럼 중얼거린다고 어느 후임에게 들었다고 했다. 단지 기도를 드린 것뿐인데. 전역할 때까지만이라도 버텨 달라고. 죽지 말아 달라고. 이 말만 반복한 건데. 집안 사정을 얘기하고 싶지 않아 거짓말을 했다. 제가 몽유병이 있어서 그렇습니다. 죄송합니다. 정말 죄송합니다.

마침내 전역했다. 엄마는 살아 있었다. 모두의 확신을 깨고 2년 안에 죽는다던 엄마를 있는 힘껏 안아줬다. 엄마의 몸은 많이 약해져 있었다. 엄마의 양손은 이제 미동조차 없었다. 이제 발을 절기 시작했다.

아, 엄마가 만든 개떡이 먹고 싶다. 하지만 애석하게도 이제 그럴 일은 없다.

내 딸은 화나게 하는 재주가 있다. 화나게 해 놓고

꼭 밥을 준다. 눈물과 함께 밥을 먹기는 너무 싫다. 그
래서 골을 많이 부리게 된다. 지도 속상하겠지. 생각하
면 불쌍하다.

뒤집어진 우산

전역하기 전, 아빠 혼자서 면회를 왔었다. 한 손에는 종로의 유명한 매운 족발이 들려 있었다. 아무리 화가 나도 이것만 먹으면 화가 풀리게 되는 마법 같은 음식. 이렇게 귀한 걸 사온 이유가 뭘까?

아빠는 전역하면 뭘 할 거냐고 물었다. 당연히 엄마를 모실 생각이었다. 하지만 나의 답변을 듣지도 않은 채 아빠는 내게 권유했다. 소방관이 되라고. 달갑게 들리지 않았다. 하지만 선택권은 없었다. 아빠 혼자서 버는 돈으로 우리 가족이 생존하기엔 역부족이었다. 엄마를 간호하는 건 나보단 같은 여자인 누나가 더 낫다는 게 나를 제외한 가족의 의견이었다. 엄마를 위해 정해져 버린 길이다.

마지막 휴가 때 노량진에 가서 학원을 알아봤다. 한 학원에서 내 머리가 짧은 걸 보고 군대 전역한 지 얼마나 됐냐고 물었다. 아직 전역하지 않았다고 하자 대견하다면서 학원비를 싸게 해준다고 했다.

전역 후, 바로 그 학원을 다녔다. 학원비는 군대에서 아끼고 아낀 월급을 사용했다. 그때 당시 병장 월급이 10만 원이었다. 돈이 없어 점심과 저녁을 굶었다. 가족한텐 군대에서 번 돈이 아직 넉넉하다고 거짓말을 했다. 너무 배가 고파 길에서 누군가 떨어뜨린 빵을 주워 먹기도 하고, 내리는 눈을 먹겠다며 혀를 내밀고 걸은 적도 있었다. 굶주림 속에 나에겐 공부밖에 답이 없었다. 학창 시절에 이렇게 공부했으면 서울대를 가지 않았을까. 자는 시간을 빼고 공부만 했다. 최대한 빨리 합격해야 엄마를 살릴 수 있다고 생각했다.

2개월이 지나고 학원 수강이 끝났다. 집에 부담을 주고 싶지 않아 재수강을 하지 않았다. 집 근처 도서관에 다

넜다. 독수공방의 길을 걸었다. 그나마 다행인 건 더 이상 굶을 필요는 없다는 것. 점심, 저녁 시간에 집에서 밥을 먹었다.

처음에는 몰랐다. 밥을 먹으러 갈 때마다 집안 분위기가 이상하게 느껴졌다. 탁한 연못에 잠긴 알 수 없는 형체가 대지의 메마름에 서서히 드러나는 것처럼 그 이유의 윤곽이 보이기 시작했다. 엄마였다. 엄마는 심한 우울증을 앓고 있었다. 엄마를 생각해서 발악하며 공부해야 하는데 엄마를 생각하니 공부가 안됐다. 엄마는 죽어가는데 도서관에 앉아 있는 게 이질적이었다. 딜레마에 빠졌다. 공부를 계속해야 하는가, 아니면 포기하고 엄마를 모셔야 하는가.

딜레마는 모난 나사가 되어 내 머리를 조여왔다. 엄마에게 농담처럼 물어봤다. 엄마, 나 공부 그만두고 엄마랑 있을까? 그러자 엄마는 녹음을 하나 하자고 했다. 공부가 잘 안될 때마다 이걸 들으라며 응원의 메시지를 남겼다. 그 후 엄마는 나를 배웅하며 행복해 보이는 미소를 보여줬다. 간혹 중간에 집에 가면 엄마가 숨겨둔 눈물을 볼 수 있었다.

　3개월이 지났을 때, 첫 번째 시험을 봤다. 경험 삼아 한 번 보는 거라 크게 기대하지는 않았다. 영어를 빼고 모두 합격점에 도달해 있었다. 할 수 있다. 충분히 합격할 수 있다. 하지만 한편으론 불가능했으면 좋겠다고 생각했다.

　그리고 반년 뒤, 다시 시험을 봤다. 이번 시험은 진짜다. 이날을 위해 나는 미친 듯이 공부를 했다. 죽어가는 엄마를 뒤로 한 채. 최선을 다해 문제를 봤다. 시간 내에 다 풀었다. 이제 답안지에 마킹만 하면 끝나는데 망설여졌다. 내게 합격이란 영광은 어쩌면 엄마에게 사형선고가 아닐까. 이대로 소방관이 되어 남들은 살릴지 몰라도 내 엄마의 죽음을 방치하는 건 아닐까.

　고민 끝에 답안지에 마킹을 하나도 하지 않았다. 가채점을 하기 위해 따로 답을 적어 놨다. 집 앞에 도착했을 때 마음속에 미리 만들어 둔 어두운 표정을 하고 들어갔다. 가족들은 그동안의 노고를 무언으로 헤아려줬다.

시험 결과 발표 날, 확인도 하지 않고 부모님에게 말했다. 아무래도 소방관은 힘들 거 같아요. 죄송해요. 아빠는 말없이 고개를 끄덕였다. 엄마는 그동안 고생했다고 위로해줬다. 내 방으로 들어갔다. 하루도 빠짐없이 메고 다녔던 가방에서 가채점한 종이를 꺼냈다. 확인도 하지 않은 채 갈기갈기 찢어버렸다. 눈물이 차올랐다.

후회는 없었다. 다만 초등학생 때부터 장래 희망 난에 적었던 소방관이라는 글자를 지우고 싶었다. 이제 쓸 일 없는 지우개로 그어버리고 싶었다. 안 그러면 눈물이 멈출 것 같지 않았다.

보통 사람들은 평생 뜨거운 눈물이 유행가 가사에만 있는 줄 알지만 사실 그렇게 사람 몸속에 있는 걸 아는 사람은 별로 없을 것이다. 요즘은 울지 않지만 또 울어도 그렇게 뜨겁지 않다. 처음에는 얼마나 뜨거운지 눈꺼풀이 녹아내릴 것 같이 많이도 흘렸었다. 걸어가면서도 또 차 안에서도 얼마나 울었는지 모른다.

나 대 지 마 라

별도 없는 밤

편의점 아르바이트를 시작했다. 점장님이 내가 일하는 모습을 보더니 매니저 할 생각이 있냐고 물었다. 나는 아침에만 일할 거라서 안되겠다고 했다. 오후부터 내가 엄마를 병간호하기로 했다.

10만 명 당 1명꼴로 걸리는 루게릭병은 불치병이다. 치료제도 없다. 그렇다고 손 놓고 있을 순 없었다. 아빠는 엄마에게 몸에 좋다는 건 하나씩 다 먹여보기로 했다. 양파즙부터 시작해서 처음 들어보는 철갑상어 엑기스가 일주일마다 택배로 왔다. 우리집 창고가 각종 약들로 가득해지기 시작했다. 산삼 같은 약초들이 실내 조경처럼 즐

비해 있었다.

　어느 날 아빠가 해맑은 미소로 집에 왔다. 오른손에는 검정 비닐봉투가 쥐어져 있었다. 그 비닐봉투에는 작은 하얀색 약통 하나가 들어 있었다. 창고에 쌓인 약들이 넘쳐나고 방마저 축적되는 상황에 저 애기 손바닥만 한 약통이 심히 부담스러웠다. 난감했다. 그 약은 또 어디서 사온 거예요? 아빠는 아는 친구한테 산 거라고 했다. 얼만데요? 20만 원. 뭐라고? 말도 안 된다. 저딴 게 20만 원일 리가 없었다. 일단은 알았다고 넘겼다. 그날 밤 그 약에 대해 조사했다. 예상은 했지만 2만 원도 안 되는 싸구려 영양제였다. 아빠의 친구는 다단계 판매원이었다.

　화가 났다. 지금 당장이라도 달려가 아빠에게 따지고 싶었다. 하지만 그럴 수 없다. 절박해서 그런 거니까. 절망의 늪에 빠져서 사기를 당하는 줄 알면서도 혹시나 사기 당한 약일지라도 효과가 있지 않을까 싶어 가시 달린 밧줄을 잡은 거니까. 이해할 수밖에 없었다. 성이 나서 머리에 뿔이 자랄 것만 같았다. 아빠라면 화 때문에 자란 내 머리의 뿔마저 녹용일 수 있다고 말할 거다.

더는 안 된다. 아빠에게 말해야 했다. 내 안에 알 수 없는 언어로 메아리치는 굉음을 해석해서 전하기로 했다. 엄마가 그 약을 먹을 때마다 그 말이 토악질처럼 나올 거 같았다. 억지로 참으며 그 말을 곱씹었다. 한 달이 지나서야 약통이 비어졌다. 마침내 아빠에게 말했다. 아빠 친구에게 산 약은 아쉽지만 효과가 없어요. 다른 약을 알아봐야겠어요. 이게 내가 할 수 있는 최선의 답이었다.

당연한 거였지만 약으로는 효과가 없었다. 이번에 아빠는 물리적인 치료에 손을 대기 시작했다. 호텔에 딸려 있는 조그마한 병원에 갔다.

겉은 말짱해 보이는 의사가 전기 치료를 해보겠다고 했다. 병실로 가자 침대 하나와 이상하게 생긴 기계가 우릴 기다리고 있었다. 의사는 그 이상한 기계로 전기 치료를 할 거라고 했다. 생긴 건 오래된 인두 다리미같이 생겼다. 제조회사를 찾아보니 의료 관련 회사도 아니었다. 의사에게 이게 무슨 기계냐고 물었다. 그 의사는 한국에서 대단하신 분이 이번에 한 번 만들어본 거라고, 환자분이 최초로 임상 실험 대상자가 된 거라며 휘황찬란하게 말했다.

이딴 임상 실험 같지도 않은 걸 돈을 바쳐 가며 받게 될 줄이야. 화가 잔뜩 났다. 하지만 엄마와 아빠의 희망에 찬 얼굴을 보니 뭐라고 할 수도 없었다. 그렇게 6개월 동안 그 치료 같지도 않은 치료를 받았다. 나 역시 가끔은 속으로 혹시나 하는 기대를 했다. 하지만 역시나 아무 효과도 없었다.

약으로도 물리적으로도 되지 않았다. 사실 방법이 없었다. 모두가 알고 있지만 입 밖으로 내지 않았던 사실이다. 루게릭병은 불치병이라는 걸. 하지만 아빠는 또 다른 방법을 찾아냈다. 바로 종교였다. 주님만이 엄마를 치료해 줄 거라고 믿었다. 전국 방방곡곡을 돌아다녔다. 그러다 전주 끝자락에서 치료의 은사를 찾았다. 아빠는 부탁했다. 한 번만이라도 좋으니 내 아내를 위해 기도해 달라고. 하지만 그 은사는 거절했다. 무언가를 바라는 것처럼. 그 후로 아빠는 쉬는 날만 되면 전주까지 내려가 은사에게 사정사정하며 부탁했다. 그래도 그 은사는 거절했다. 아빠는 가족 몰래 비상금을 털어 전주로 내려갔다. 마침내 만나기로 했다. 비상금이 사라진 걸 누나가 알게 되고 집안에 난리가 났다. 아빠는 한 번만 믿어보라고 거듭 강조했다. 화난 누나는 방으로 들어가 버렸다. 아빠한테 어떻게 치료가 되냐고 물었다. 아빠는 기도로 치료가 된다고 했다. 나는 믿지 않았다. 그래도 기도만 하는 거니 엄마에게 잘됐다고 했다.

치료의 은사에게 기도를 받으러 가는 날, 나는 편의점 아르바이트 때문에 가지 못했다. 일할 사람이 없어 그날만 저녁 파트까지 일했다. 몸에 피로가 가득 쌓였다. 한밤중이 되어서야 집으로 갈 수 있었다. 터덜터덜 걷는 발걸음에 힘이 없었다.

집에 와보니 모두가 자고 있었다. 조용히 안방으로 갔다. 오랜만에 밖에 나갔다 온 엄마에게 고생했다고 손을 잡으며 말하고 싶었다. 어둠 속에서 엄마의 손을 찾았다. 그런데 보이지 않았다. 마루에 켜둔 불빛이 은은하게 안방을 밝히는데도 보이지 않았다. 놀라서 불을 켰다. 왜 엄마의 손을 못 찾았는지 그 이유가 침대 위에 놓여 있었다. 엄마의 손이 검은색이 되어 있었다. 마치 반타 블랙으로 염색한 것처럼. 양손이 숨을 못 쉴 것처럼 퉁퉁 부어 있었다. 아빠를 깨워 어떻게 된 거냐고 물었다. 아빠는 아무 말도 하지 않은 채 고개를 푹 숙이고 있었다. 소란스러웠는지 누나가 자기 방에서 뛰쳐나와 나를 끌고 밖으로 나왔다. 그리고 어떻게 된 건지 얘기해줬다.

그 치료의 은사를 받았다는 인간이 이렇게 만들었다. 기도를 하면서 엄마의 양손을 사정없이 때렸다. 엄마는 움직이지 못하는 손으로 가만히 맞기만 했다. 아빠와 누나는 그 모습을 가만히 바라만 볼 수밖에 없었다.

너무 화가 나서 처음으로 가족들에게 소리를 질렀다. 그동안 쌓이고 쌓였던 화를 전부 토해냈다. 그러다 눈물이 났다. 속상해서 미칠 거 같았다. 어쩌다가 당하기만 하는 인생이 돼 버렸는지. 당해도 몸부림조차 칠 수 없게 됐는지.

이렇게 당해도 우린 또 다시 당하기 위해 없는 치료제를 찾아다닌다는 걸 안다. 멈출 수가 없다. 엄마가 낫거나 죽을 때까지. 계속 당하기만 해야 한다.

오늘도 병원에 다녀왔다. 돈이 셀 수 없이 빠져나간

나 대 지 마 라

다. 내가 병원을 안 가고 치료를 안 하려고 마음을 먹었다. 그런데 밤새 생각해보니 남편이 가여워서 그만할 수가 없었다. 내 자식들이 불쌍하지만 앞으로 살 날이 많으니 행복한 날들이 많겠지? 남편은 홀로 생활하면 나를 그리워하며 얼마나 외로워할까?

미안해요, 세상이 그렇네요

내가 주문하지 않은 택배 하나가 도착했다. 상당히 낡은 박스였다. 송장번호가 없었다면 그냥 쓰레기인 줄 알고 버릴 뻔했다. 현관 한쪽 구석에 밀쳐 뒀다.

엄마의 점심을 챙겨주고 같이 TV를 보는데 어디선가 위잉~ 하는 소리가 들렸다. 벌레 소리였다. 손을 움직이지 못하는 엄마에게 모기 같은 벌레는 치명적이다. 모기가 엄마 몸에 착지하고 흡혈을 시작하면 엄마는 포기라는 자기 혀를 어금니에 물었다. 모기가 엄마를 발견하기 전에 찾아내야 했다. 이동 경로를 탐색했다. 대문을 봤다. 닫혀 있었다. 모기가 들어올 일은 없었다. 혹시나 창문들이 열렸나 확인했다. 전부 닫혀 있었다. 다시 위잉~ 하는 소리가 났다.

귀를 기울였다. 모기가 아니다. 확실히 더 큰 놈이다. 기척이 난 곳으로 천천히 다가갔다. 현관 쪽이다. 찾았다. 아까 택배로 받은 낡은 박스 안에서 나는 소리였다. 으스러지게 생긴 모양대로 바퀴벌레가 딸려 온 게 아닐까 싶었다. 혹시나 하는 마음에 박스를 들고 밖으로 나가 천천히 열었다. 열자마자 기겁해 나도 모르게 박스를 던져버렸다. 벌들이었다. 왜 벌들이 여기 있지? 누군가 장난으로 보낸 거 같았다.

보낸 이의 이름을 봤다. 모르는 사람이었다. 받는 이를 보니 아빠의 이름이 적혀 있었다. 아빠에게 전화를 걸어 물었다. 아빠, 혹시 이 사람 누구인지 알아요? 이 사람이 장난으로 벌을 보냈어요. 아빠는 껄껄껄 웃었다. 알고 보니 이 벌들은 아빠가 주문한 거였다. 벌침으로 엄마를 치료할 거라고 했다.

다음 날 아침이 되고 아빠가 집에 왔다. 24시간 동안 사람들을 구하고 온 아빠는 지친 모습이었다. 오자마자 엄마를 침대에 눕히고 벌들이 들어 있는 박스를 가슴팍에 안았다. 아빠는 눈을 감고 손의 작은 떨림과 함께 간절한 기도를 했다. 숨소리보다 작은 소리로. 기도가 끝나고 조심스럽게 벌을 하나씩 꺼내 집게로 침을 뺐다. 그리고 신중하게 엄마의 양 손과 다리에 침을 놓았다.

얼마 지나지 않아 엄마의 양 팔 그리고 다리가 퉁퉁 부어올랐다. 그냥 보기에도 좀 위험해 보였다. 아빠는 그림자가 깊게 진 눈을 깜빡거리며 다시 침을 놓으려고 했다. 이건 아니다. 아빠를 말리려고 했다. 그런데 엄마가 먼저 말을 꺼냈다. 이제 그만하자고. 나는 괜찮다고. 미소를 띤 얼굴로 아빠를 지그시 바라보며 말했다. 그 말에는 정말 많은 의미가 담겨 있었다. 아빠는 엄마의 그 말을 무시하고 싶었을 것이다. 아빠는 눈물을 흘렸다. 엄마도 같이 눈물을 흘렸다. 난 조용히 안방을 나와 문을 닫았다.

그날 저녁, 아빠는 노을처럼 붉은 낙엽들을 한 가득 들고 왔다. 엄마에게 한번 밟아보라며 바닥에 정성스럽게 깔았다. 엄마는 이제 서질 못한다. 그래서 앉은 상태로 낙엽들을 밟았다. 발을 이리저리 움직이는 모습이 마치 어린아이처럼 신나 보였다. 그리고 아빠는 촉각만이 남아 있는 엄마의 손에 낙엽들을 올려놓고 손가락 하나하나를 접어주며 만지게 했다.

그 낙엽들은 이제 말라 비틀어졌지만 아직까지도 우리 집에 남아 있다. 엄마가 자주 사용하던 유리병에 넣어 두었다. 그 유리병은 이전에 개떡을 만들 때 사용하던 쑥가루가 들어 있던 병. 유리병을 볼 때마다 따뜻해진다. 붉은 낙엽들에게서 아직 엄마의 온기가 남아 있다.

남편이 회사에서 끝나고 과자를 한 보따리로 사 왔다. 그리고 밤에 이렇게 말했다. 나는 다시 태어나도 너와 결혼할 거다. 미안하고 고맙다.

물고기 병원

어린 시절 나는 식탁에 분홍 소시지가 없으면 단식 투쟁을 했다. 그런 나를 보고 엄마는 반찬 투정하면 안 된다며 혼을 냈지만 나는 작은 거인이라 별 소용 없었다. 그러다 엄마가 맛있는 음식 하나를 알려주겠다고 했다. 엄마는 나를 위해 새로 장을 봤다. 집에 도착한 엄마의 손에 검은 봉지 하나가 들려 있었다. 엄마, 그게 뭐야? 엄마는 싱싱한 생선이라고 했다. 봉지 안에는 등 푸른 고등어가 죽어 있었다. 엄마는 정말 맛있다며 소금을 뿌리고 고등어를 구웠다. 별로 내키진 않았지만 혹시나 하는 기대감으로 식탁에 앉아 기다렸다. 내 기대치는 주방의 연기에 희미해지고 있었다.

나 대 지 마 라

요리가 끝났다. 녹두색 그릇에 담긴 고등어는 그다지 반갑게 느껴지진 않았다. 갓 구운 생선에서 뜨겁게 뿜어 나오는 비린내. 격분해서 왼손으로 코를 막고 부들부들 떨리는 오른손으로 고통을 참아내듯 포크를 꽈악 쥐었다. 눈을 질끈 감고 먹었다. 바다 맛이 났다.

나는 이유 없이 바다가 싫었다. 그래서 생선도 싫었다. 하지만 엄마는 좋아했다. 엄마는 자신이 생선을 좋아하니 자기 피붙이인 나 또한 좋아할 거라고 생각했었다. 유전은 입맛까진 전해주지 못했나 보다. 내가 도저히 못 먹겠다고 하자 엄마는 화를 냈다. 그 순간 나는 봤다. 언성을 높이며 역정 내는 엄마의 얼굴에서 입꼬리가 올라가는 것을. 그날 내가 남긴 생선은 엄마의 뱃속에 가득 채워졌다.

엄마는 루게릭병에 걸린 와중에도 생선을 찾았다. 누나는 냉장고에서 어제 내가 사온 신선한 고등어를 꺼내 구웠다. 방에서 자고 있던 나는 생선 굽는 냄새에 잠시 깼다가 다시 잤다.

누나는 서툰 솜씨로 뼈와 살을 발랐다. 누나도 나처럼

생선을 싫어해서 엄마가 루게릭병에 걸리기 전까진 한 번
도 생선 가시를 바른 적이 없었다. 미숙한 손놀림, 귀차니
즘. 막무가내로 분해된 생선은 볼품없어 보였다.

　알람이 아닌 어수선한 소리에 깨어났다. 마루로 나와
보니 엄마와 누나의 표정이 좋지 않았다. 무슨 일이냐고
물었다. 엄마가 속이 이상하다고 했다. 아무래도 가시가
걸린 거 같다고. 목이 아닌 식도에.

　누나는 엄마한테 너무 미안해 어쩔 줄 몰라 했다. 죄책
감의 무게를 견디지 못해 누나의 정수리는 바닥을 향해
있었다. 이건 충분히 해결할 수 있는 거니 걱정 말라고 누
나를 위로했다. 손이 닿지 않는 곳에 가시가 걸려 있어 음
식을 이용했다. 처음엔 물로 그 다음은 가시를 녹여버리
겠다며 매실액을 먹였다. 실패했다.

　엄마는 여전히 아파했다. 액체 말고 고체로 해보자. 맨
밥을 반 숟갈 먹였다. 엄마는 속이 너무 아파 도저히 못
먹겠다며 입을 굳게 닫았다. 어떻게 해야 하지? 소방관인
아빠에게 전화를 걸었다. 자초지종을 설명했다. 아빠는

일단 내일까지 가시가 내려가길 기다려보고 안 내려가면 병원에 가라고 했다. 내일이면 내려가겠지. 우린 오랜만에 희망을 품었다.

하지만 더 이상 희망은 우리가 가질 수 없는 바람이었다. 엄마는 여전히 속이 아프다고 했다. 절망에 익숙한 우리다. 이 상황을 아무렇지 않게 받아들였다. 엄마의 식도에 박힌 가시는 비수가 되어 엄마의 영혼마저 차지하려 했다. 병원에 가자. 밤을 샌 상태로 운전석에 앉았다. 내 안에서 졸음마저 깨우는 급박한 심장 박동이 울리고 있었다. 부디 아무 일도 없길 바라며 두 손으로 운전대를 잡았다.

집 근처 큰 병원에 도착했다. 팔 다리가 다친 것도 아닌데 우린 응급침대를 찾아 엄마를 눕혔다. 곧바로 내시경을 받으러 갔다. 의사 선생님은 엄마가 일반 사람은 아니니 수면 내시경을 하는 게 어떠냐고 물었다. 엄마는 싫다고 했다. 수면 마취를 하지 않으면 많이 아플 수도 있다고 설득했지만 엄마는 완강했다. 이해할 수 없었지만 분명 이유가 있겠지. 엄마니까.

수면 마취를 하지 않고 내시경 검사를 했다. 화면을 봤다. 가시가 보였다. 사실 가시라기보단 뼛조각이라고 부르는 게 맞을 거 같았다. 넓적하고 사람의 어금니만 했다. 아무래도 고등어 머리 쪽 부위 같았다. 그 뼈가 식도의 양쪽 끝을 찌르고 있었다. 빼는 게 아니라 부숴야 했다. 상황은 생각보다 나빴다.

호스가 목에 오래 머물러 있자 엄마는 괴로워 헛구역질을 계속 했다. 그에 맞춰 누나도 안절부절 못하고 엄마를 살려 달라며 울었다. 의사와 간호사 5명이 엄마에게 붙었다. 그들은 어떻게 해야 하나, 포기해야 하나 고민 중이었다. 그때 한 간호사가 보호자는 한 명만 있어야 한다며 나에게 나가라고 했다. 여기 있으면 안 되냐고 묻자 나를 잡아당겼다. 하는 수 없이 나갔다. 바로 앞에 있는 대기실에 앉았다.

TV가 보였다. 뉴스가 나오고 있었는데 병원에서 튼 클래식 음악 때문에 아나운서의 목소리가 들리지 않았다. 하지만 아나운서는 또박또박한 입 모양으로 자신이 말하고자 하는 내용을 전달하고 있었다. 엄마는 못한다. 입이

나 대 지 마 라

막혀 있어 손으로라도 표현해야 하는데 죽은 손은 더 이상 움직이지 않는다. 엄마는 지금 어떻게 호소를 포기하고 있을까. 아침부터 멈추지 않는 거친 심장 박동 소리가 가슴을 조여왔다. 차이코프스키의 안단테 칸타빌레가 들렸다. 아름다운 선율에 맞춰 심장 박동이 불규칙적으로 새겨지고 있었다. 클래식 음악이 마음을 안정시켜준다고 말한 자는 아마도 거짓말쟁이 삭게오가 아닐까.

안쪽에서 누군가 달려오는 소리가 들렸다. 쳐다볼 겨를도 없이 야! 하는 소리가 나를 향해 날아왔다. 누나였다. 누나는 분노가 절정에 달해 타인을 의식하지 않고 나에게 소리를 질렀다. 어떻게 엄마가 죽을 수도 있는데 여기에 앉아 있을 수 있냐고. 네가 사람이냐고. 나가 죽어버리라고. 나는 사정을 얘기하려고 했지만 누나의 입은 멈출 생각을 안 했다. 누나가 숨 쉬는 작은 틈 사이로 말했다. 미안해. 내가 잘못했어. 누나는 끝났으니 따라오라고 했다.

나는 어떻게 됐냐는 질문을 삼키고 누나를 따라갔다. 검사실에 엄마는 없었다. 다만 엄마가 얼마나 괴로워했는지 고통의 흔적만이 남아 있었다. 엄마가 누워 있던 응급

침대는 땀으로 젖어 있었고 바닥은 토한 자국으로 얼룩졌다. 엄마는 수면실에 있었다. 의사는 생선뼈를 부러뜨리는 와중에 식도가 조금 찢어졌다고 했다. 그래서 식도에 염증이 생길 수도 있으니 일주일간 입원하라고 했다.

병실에서 엄마에게 물었다. 그러게 왜 수면 내시경을 하지 않으려 했냐고. 엄마는 만약 수면 내시경을 했으면 숨을 못 쉬어 죽을 수도 있다고 했다. 그 말에 안도했다. 엄마가 살아 있어서가 아니라 엄마가 살고 싶어 해서. 항상 죽고 싶다고 했는데. 인생살이를 하루살이로 여기는 줄 알았는데. 엄마에게 고맙다고 말했다. 엄마는 처음엔 의아하게 나를 봤지만 이내 알았다고 대답했다.

내 아들은 멍청하다. 바람이 불어 방문이 닫히는데 이렇게 말한다. '아, 문 잠그는 습관.' 지가 잠근 게 아니라 문이 바람 때문에 세게 닫히면서 잠겨진 건데 자기 한 걸로 착각한다. 그 모습을 보고 딸과 맨날 웃는다. 여전히 아들은 '또 문 잠갔네' 하며 습관처럼 말한다. 바보 같은 놈.

봄날은 간다

고작 일주일이 부담스럽게 느껴진다면 삶을 세는 시간이 감사히 여겨진다는 의미일까. 병원에 입원한 엄마의 표정은 기대 반 걱정 반이었다. 돈의 부담을 이겨내고 1인실을 원했지만 병실이 없어 어쩔 수 없이 6인실로 들어갔다. 복도 끝 6인실 병실에 엄마를 제외한 다른 환자는 백발의 할머니뿐이었다. 그 할머니의 보호자는 20대 여학생이었다. 2인실 같은 6인실이다. 사람이 별로 없어 좋았다.

누나는 이제 됐으니 집으로 가서 쉬라고 했다. 나는 병실에 빈자리가 많아 여기서 자면 된다고 했지만 누나는 자기가 혼자서 다 할 거라고 했다. 내가 휴게실에 앉아 있어서 아직도 화가 난 줄 알았는데 그게 아니었다. 대충 바른 생선을 엄마에게 줘서 이 사달이 난 게 너무 미안해서였다. 집으로 향했다. 운전석에 앉자마자 어느새 사라진 심장 박동을 대신해 졸음이 몰려왔다. 겨우 참아가며 집에 도착했다.

아무도 없는 집 안은 소름 끼칠 정도로 고요했다. 항상 있어야 할 엄마가 없으니 어색했다. 엄마가 없는 세상이 이런 걸까. 두려웠다. 엄마는 2년 내에 사망한다는 루게릭병을 3년이나 버티고 있다. 사실 오늘 죽는다 해도 이상하지 않을 병이다. 다시 한번 느꼈다. 하루하루 엄마에게 최선을 다하자고.

다음 날, 누나가 수건과 속옷, 샤워용품을 가지고 와 달라고 연락이 왔다. 그 밖에 필요할 것 같은 물품도 같이 바리바리 쌌다. 양손에 한가득 들고 병원에 갔다. 가자마자 엄마의 상태를 확인했다. 엄마는 병원이 불편하다고 했다. 잠도 잘 못 잤고 밥은 조금밖에 먹지 못했다. 환경이 바뀌어서 그런 거라 좀 더 있으면 괜찮아질 거라고 안심

나 대 지 마 라

시켰다.

누나는 내가 오기 전 초대하지 않은 손님이 왔다고 했다. 부모님이 다니는 교회 목사였다. 그 목사는 기독교계에서 영향력 있고 스케줄을 관리하는 매니저까지 있는 바쁜 사람이었다. 그런 사람이 우리 엄마에게 찾아와 기도까지 해주고 갔다. 감동 받은 엄마는 이제 일어나 걸을 수 있을 거 같다고 했다. 예수가 앉은뱅이에게 일어나 걸으라 하니 기적이 일어난 것처럼. 나는 말했다. 엄마, 목사는 신이 아니야. 엄마는 하나님을 믿는 거야, 목사를 믿는 거야? 그러자 엄마가 분노했다. 그대로 병실에서 쫓겨났다.

병실을 나가자 누군가 문 밖에서 웃음을 참으며 숨어 있었다. 옆에서 할머니를 간호하던 여학생이었다. 나와 눈이 마주치자 여학생은 황급히 병실로 들어갔다. 아, 창피해. 민망해서 발걸음을 재촉했다.

그래도 엄마한테 사과는 하고 가야지. 병원 내에 있는 편의점에서 엄마가 좋아하는 개떡같이 생긴 초콜릿 빵과 2+1 행사를 하고 있는 바나나 우유를 사서 병실로 갔다.

병원 로비에서 다시 그 여학생과 마주쳤다. 나를 보자 여학생은 웃어서 죄송하다며 내게 사과했다. 나는 괜찮다고 말하고 같이 병실을 향해 걸었다. 가는 길이 멀게 느껴지고 어색했다. 그게 싫어 아까 편의점에서 산 음료 하나를 줬다. 감사하다는 말을 받으며 짧게나마 어색함을 지웠다.

병실에 도착해 엄마에게 바로 사과했다. 하지만 엄마는 아직도 화가 많이 나 있었다. 빨리 자기 눈앞에서 사라지라고 말했다. 나는 사과를 받아줄 때까지 안 갈 거라고 버텼다. 엄마는 내게 침을 뱉었다. 근데 그 모습이 귀엽게 보였다. 나도 모르게 웃었다. 사실 그건 엄마가 나를 때리고 싶어도 손이 움직이지 않아 최후의 수단으로 한 행동이었다. 엄마의 머릿속에선 내 머리에 꿀밤 한 대를 대차게 때리고 있을 텐데 현실에선 내가 실실 쪼개고 있자 분노가 한이 되었다. 그렇게 엄마는 울어버렸다. 나는 또 쫓겨났다. 병실을 나갈 때 여학생의 시선이 느껴졌지만 보지 않고 집으로 갔다. 누나에게 엄마 화 풀리면 말해달라고 메시지를 남겼다.

이틀이 지나고 연락이 왔다. 바로 병원으로 달려갔다. 병실의 환자는 여전히 엄마와 백발의 할머니뿐이었다. 그 여학생은 보이지 않았다. 누나와 엄마를 보고 놀랐다. 누나의 눈 밑 다크서클이 흑탄으로 칠한 것처럼 짙었고 엄마는 많이 야위어 있었다. 누나는 엄마를 간호하느라 잠을 통 못 자서 나를 부른 거였다. 엄마의 화가 아직 덜 풀렸지만 도저히 버틸 수가 없어 집에서 잠 좀 자겠다고. 저녁에 아빠가 오니까 그때까지만 있으면 된다고 했다. 누나가 떠나고 서먹한 엄마와 단둘이 남았다.

병실 안은 아무도 없는 것처럼 조용했다. 그러다 그 여학생이 병실에 왔다. 눈이 마주쳤다. 겸연쩍게 고갯짓으로 인사를 했다. 그 여학생은 할머니에게 늦어서 미안하다는 말로 대화를 시작했다. 병실에 사람 냄새가 나기 시작했다. 저 둘의 구수한 대화를 들으면서 둘 사이가 좋아 보이는 게 부러웠다. 엄마를 봤다. 엄마도 라디오를 듣는 것처럼 저 둘의 대화에 집중하고 있었다. 엄마도 나와 같은 마음이었는지 나를 봤다. 그렇게 서로 눈치를 보다 화해했다. 그 여학생이 의도한 건지는 몰라도 고마웠다.

저녁이 지나고 아빠가 왔다. 아빠는 고생했다며 근처에서 뭐 좀 먹고 가라며 만원 한 장을 내게 내밀었다. 종이 한 장 차이로 아빠의 지갑은 텅 비었다. 난 집에 가서 먹을 거라며 거절했다. 빨랫거리를 챙겨서 병실을 나왔다.

엘리베이터를 기다렸다. 띵 하는 소리 후 엘리베이터 문이 열렸다. 마침 그 여학생이 타고 있었다. 여학생의 손에는 피자 박스가 들려 있었다. 이전과 똑같이 고갯짓을 했다. 여학생이 내 팔을 톡 쳤다. 그러곤 내게 혹시 저녁을 먹으러 가는 길이냐고 물었다. 네? 여학생은 말을 이어갔다. 피자가 많아서 그런데 같이 먹자고 말했다. 난 속으로 피자! 라는 구호로 환호성을 외치며 무덤덤하게 알았다고 했다. 같은 층에 있는 휴게실로 갔다.

저녁 시간이 한참 지난 때라 휴게실에는 아무도 없었다. 자리를 잡고 여학생이 피자 박스를 개봉했다. 시카고 피자였다. 피자를 먹으며 이런저런 대화를 했다. 백발의 할머니는 당뇨로 입원하고 계셨고 여학생은 휴학 중이라 평일에만 간호하고 주말에는 알바를 하고 있다고 했다. 난 엄마에 대해 얘기했다. 이 날을 기점으로 이전에도 그리고 이후로도 엄마의 병에 대해 타인에게 얘기한 적이 없다. 그 여학생에게 말한 게 처음이자 마지막이었다. 화제를 바꿔 취미에 대해 얘기했다. 우린 같은 취미가 있었다. 둘 다 책을 좋아했다. 그때부터 수다가 시작됐다. 다 읽은 책이 쌓여 있어서 고민이라는 점도 같았다. 그날 집에 갈 때 마지막 버스를 놓칠 뻔했다.

다음 날 아침에 아빠에게서 급한 연락이 왔다. 깊은 잠에 빠진 누나를 깨워 병원에 갔다. 엄마가 건강이 급격히 나빠져 있었다. 엄마는 병원이 불편해 선잠밖에 못 자고 굶주려서 그런 거라고 했다. 아직 일주일이 안됐지만 우린 퇴원하기로 했다. 짐을 챙겼다. 일주일 있는다고 짐을 조금 옮긴 줄 알았는데 산더미만큼 많아 두 번은 날라야 했다. 마지막으로 짐을 나를 때 할머니를 간호하던 여학생이 내게 물었다. 퇴원하시냐고. 혹시 다 읽은 책 교환하실 생각 있냐고. 그러면서 내게 연락처를 줬다. 노란 포스트잇에 전화번호와 이름이 써져 있었다.

집에 와서 연락처가 적혀 있는 포스트잇을 보며 고민을 했다. 연락을 해야 되나 말아야 되나. 내가 지금 연애를 할 수 있을까. 엄마를 간호해야 하는데.

점심 때가 되자 집 안에 생선 굽는 냄새가 났다. 마루로 나가보니 누나가 엄마에게 고등어를 주고 있었다. 어이가 없었다. 생선 때문에 그렇게 고생해 놓고 퇴원하자마자 바로 생선을 먹다니. 둘 다 제정신이야? 누나는 엄마가 생선을 먹고 싶어 하는데 어떡하냐며, 이제부터 자기가 생선 잘 바를 거니 걱정하지 말라고 했다. 그래도 말리고 싶었지만 엄마가 생선을 행복하게 먹는 모습을 보고 다시 방으로 들어갔다.

포스트잇을 쓰레기통에 버렸다. 한창 연애를 할 나이다. 하지만 그럴 수 없는 환경에 놓였다. 그렇게 인연의 붉은 실을 내 손으로 끊었다. 나는 어디까지 포기할 수 있을까.

중학교 때 친구네 집에서 저녁을 먹었다. 고등어 조림이 있었다. 그런데 친구 엄마가 못 먹게 했다. 귀한 음식이라 가족들끼리만 먹는다고 했다. 같이 앉은 식탁에서 고등어 먹는 모습을 구경만 했다. 너무 먹고 싶

었다. 집에 가는 내내 울었다. 지금은 내가 먹고 싶을
때마다 고등어를 먹는다. 나는 출세했다.

제3장

가
족

꿈처럼 괜찮아질까

      슬픔에 못 이겨 마른 날씨에 우산을 들고 나오던 시절, 우리 가족은 여행을 준비하고 있었다. 마지막으로 가족끼리 여행을 갔던 게 언제였더라. 초등학교 때 동해로 2박 3일 여행이 끝이었다. 우린 왜 이제서야 추억을 만들려고 하는 걸까.

      이 여행에는 제약이 많았다. 우선 엄마는 2시간 이상이 지나면 차 안에 있기 힘들어 했다. 장애인 화장실이 제대로 설치되어 있고 휠체어로 갈 수 있는 곳을 찾아야 했다. 그리고 사람이 적어야 했다.

아빠는 장소를 정했지만 비밀이라며 우리에게 일단 차에 타라고 했다. 우린 기대 반 걱정 반으로 출발했다. 단풍잎 색이 짙어지는 늦가을 저녁이라 세상은 이미 어두워지고 있었다. 차는 서울 외곽고속도로를 타더니 얼마 후 표지판에 '서울대공원'이 보였다. 오늘 저곳으로 가는구나. 내 기억으론 걸음마를 뗀 후 엄마와 이곳에 온 기억이 있었다. 아마 5살 때였을 거다.

아빠 혼자만의 비밀에서 모두의 정보가 되었을 때 서울대공원에 도착했다. 주차장에 차를 세우고 주위를 둘러봤다. 자동차들이 간간히 있었고 주변으로 사람들이 듬성듬성 걸어가고 있었다. 누나는 엄마에게 내려 같이 산책을 가자고 했다. 엄마는 지금 이렇게 구경하는 것만으로도 좋다며 괜찮다고 거절했다.

엄마는 세상 밖으로 나가기 싫어했다. 자존심이 강했던 엄마는 자신의 모습이 창피해 사람들의 시선을 두려워했다. 그들의 눈동자는 자신들도 모르게 엄마의 마음에 멍 자국을 만들었다. 자국은 누군가의 폭력에서 만들어지는 것이 아니고 피를 흘려야만 상처가 되는 게 아니다. 나는

나 대 지 마 라

엄마에게 목이 마르지 않냐며 집에서 끓인 따뜻한 보리차를 권했다. 엄마는 야외 화장실에 가기 싫어 거절했지만 목이 말라 이내 마셨다. 그 맛은 용감해지는 맛이었다.

결국 화장실을 핑계로 차에서 내려 산책하기로 했다. 휠체어를 밀고 화장실에 들렀다가 서울대공원이 있는 오르막길을 올랐다. 중간에 평지가 없어 쉬지 않고 올랐다. 어릴 적에는 엄마가 나를 등에 업고 이 길을 걸었는데. 이젠 내가 엄마를 밀고 가고 있다.

서울대공원에 도착하자 한쪽에서 아이들이 동물을 체험할 수 있는 장소가 보였다. 거기에는 가지각색의 토끼들이 뛰놀고 있었다. 우리가 다가오자 아이들은 엄마에게 '안녕'이라고 인사하며 같이 놀자고 말했다. 아이들 시선에선 휠체어를 타면 다 친구들이구나. 엄마가 두려워했던 시선은 분명 사회가 낳은 검은 덩어리일 거다.

옆에서 농산물을 파는 장터가 있었다. 아직까지도 사람들이 많았다. 아빠와 누나는 뭐 살게 있을지도 모른다며 그곳으로 갔다. 엄마와 나는 둘이서 뭐할지 궁리하다가 주변을 산책하기로 했다. 그러다 엄마가 같이 사진을 찍자고 했다. 가족끼리 있을 때는 한 번도 사진 찍자는 말을 안 했는데. 나는 지나가는 사람을 붙잡고 사진을 찍어 달라고 부탁했다. 엄마와 같은 높이를 맞추려고 쪼그려 앉았다. 그렇게 사진을 찍고 얼마 되지 않아 아빠와 누나가 왔다. 한 손에는 마로 만든 미숫가루가 있었다.

집에 돌아오는 길에 엄마에게 물었다. 오늘 밖에 나간 거 좋았지? 엄마는 웃으며 좋았다고 대답했다. 그럼 우리 다음에 또 나가자 알았지? 엄마는 알았다며 약속했다. 하지만 이게 마지막이었다.

엄마의 병은 점점 무거워져 이제 움직일 수조차 없게 됐다. 우린 그 약속을 지키려 많은 시도를 했지만 동네를 벗어나지도 못하고 다시 돌아왔다. 엄마는 차에 탄 그 짧은 순간마저 행복으로 기억했다.

사람들과 제주도에 가려고 계획한 적이 있었다. 다들 제주도로 여행갈 때 나만 남았다. 집을 벗어난다는 게 무서웠다. 하지만 지금 되돌아보면 그때 한 번도 못

간 제주도에 갔어야 했다. 가서 버스에서 미친듯이 춤을 추고 싶다. 지금 이 순간이 악몽인 것처럼. 다 잊어버리게.

요란한 밤이 찾아왔어요

우리 가족에게 있어 가장 혹독한 시기가 있었다. 평상시라면 다혈질 누나가 화를 내거나 짜증을 부리면 부모님은 그러려니 하고 넘겼는데 그 무렵에는 누나에게 맞받아쳤다. 각진 단어를 골라 서로에게 상처 주기 바빴다. 누나도 아빠도 그리고 엄마도 다들 지쳐 있었다. 거의 매일 싸웠던 거 같다. 아빠와 누나는 목이 쉬고 엄마는 그 약해진 치악력으로 자신의 어금니를 부러뜨렸다. 나도 성이 났지만 화를 내진 않았다. 기본적으로 나는 집안의 막내고 화가 나도 잠을 자거나 먹고 싶은 음식을 먹으면 금방 화가 풀렸다. 더군다나 나까지 그러면 누가 엄마를 돌볼까.

아침이 되면 누나가 옆동네까지 들릴 만큼 고래고래 소리를 지르고 방으로 들어가 버리는 게 생활 패턴이 되어 있었다. 그렇게 누나가 잠수를 타면 밤을 새우고 이제 막 잠이 들려는 나에게 자동적으로 인수인계가 된다. 이불을 치우며 혼잣말을 한다. 그럼 그렇지. 오늘은 왜 안 싸우나 했다. 마루로 나와 덩그러니 소파에 누워 있는 엄마를 보면서 잘 잔 척 모션을 취하고 엄마를 간호했다. 엄마가 병에 걸리기 전에는 누나보다 더한 다혈질 성격이었다. 그 화를 가만히 누워서 해결해야 하니 미치지 않고선 감당하기 어려울 거 같았다. 그래서 내가 옆에서 재롱을 떨면서 엄마의 분노를 가라앉혔다.

사실 나도 많이 지쳐 있었다. 다들 화가 나면 자신이 화가 났다는 걸 표시라도 하는데 나는 그러지 못했다. 항상 참아야 했다. 하루에 3시간을 자거나 아예 잠을 포기하고 그 다음 날에 3시간을 잤다. 그만들 좀 싸웠으면 싶었지만 이 시기에 가족들의 표정을 봤을 때 난 군말 없이 그들의 싸움에 내 등이 터지는 걸 받아들여야 했다.

한 번은 새벽에 엄마를 소파에 앉히는데 빈혈 증세가

일어났다. 잠을 너무 못 자서 그랬다. 상태가 말이 아니었다. 잠도 깰 겸 침대에 거칠게 몸을 박았다. 눈을 한 번 깜빡였다. 그런데 그 한 번의 눈 깜빡임에 피로가 어느 정도 회복이 됐다. 신기한 체험이었다. 일어나 시계를 봤다. 2시간이 지나 있었다. 팔자에도 없는 잠을 자버렸다. 아, 엄마는 한 시간밖에 못 앉아 있는데. 엄마를 봤다. 앉은 상태로 숨 쉬기 어렵게 고개가 푹 숙여져 있었다. 심장이 철렁 내려앉았다. 바로 엄마에게 달려갔다. 엄마의 얼굴은 눈물, 콧물로 범벅이 되어 있었다. 코가 막혀 입으로 겨우 숨을 쉬고 있었다. 엄마에게 정말 미안하다며 사과했다. 잘 생각이 정말 없었는데. 하지만 내게 기회가 있다면 푹 자고 싶었다.

이 시기는 무기한이었다. 일주일 연속으로 잠수를 탄 누나를 대신해 밤낮으로 엄마를 간호하고 있었다. 물보다 커피를 더 마시고 내 책상엔 자양강장제 빈병들이 쌓이다 못해 바닥에 뒹굴기 시작했다. 그때 당시 엄마는 줄기세포를 맞으러 일주일에 한 번씩 병원에 다니고 있었다. 병원에 가는 인원은 총 세 사람이었고 그날은 아빠와 누나가 가기로 되어 있었다. 그런데 출발하기 직전 아빠와 누나의 언성이 높아졌다. 정말 사소하게 아빠의 말투가 거칠었다며 누나가 계속 따졌다. 당사자의 심정은 모르지만 내 입장에선 그냥 싸울 꼬투리를 잡는 거 같았다.

나는 이제 병원 가야 되니까 그만 싸우라고 했다. 그러자 누나는 소리를 질렀다. 가기 싫다고. 내가 왜 가야 하냐고. 내 친구들은 다 하고 싶은 걸 하면서 사는데 내가 왜 이렇게 살아야 하냐고. 난 가기 싫으니까 네가 가라고. 그 말에 여태까지 참고 참았던 화가 폭발해버렸다. 뭐라고 말했는지 기억이 나지 않는다. 내 목이 쉴 때까지 멈추지 않았다.

병원 약속은 취소됐다. 누나와 아빠는 각자가 정한 휴식처로 집을 나가버렸다. 목이 아파 물 한잔을 마셨다. 물 넘김에 따라 목의 열이 식었다. 엄마에게 화내서 미안하다고 했다. 그런데 엄마는 웃으며 잘했다고 했다. 잘했다고? 왜? 대체 내가 화를 낸 게 뭐가 잘한 건지 이해가 되지 않았다. 시간이 지나서야 알았다. 내가 화를 낸 날이 그 시기의 최후의 날이 되었다. 진시황제가 영생을 꿈꾼 것처럼 영원할 줄 알았는데. 누나와 아빠는 한동안 싸우지 않았다. 평생 이렇게 다툼이 없었으면 좋겠다. 하지만 이런 시기도 잠시겠지. 기대하지 말자. 희망은 절망의 지름길이니까.

내 딸은 너무 게으르다. 거의 하루 종일 잔다. 나 밥 먹는 건 하나라도 더 많이 먹이려고 하는데 다른 건 제때 하는 게 없다. 그래도 잘해 나가고 있다.

잘한 것 같아

엄마가 처음 내게 말했을 때가 생각난다. 루게릭병은 2년 안에 죽는 병이라고. 하지만 그건 평균적인 계산법이다. 엄마는 5년째 살아 있다. 매년 엄마의 생일이 될 때마다 감사함을 느꼈다. 올해도 엄마의 생일을 맞이할 수 있게 해주신 은혜에 감사합니다. 나도 모르게 엄마가 믿는 신에게 고마움을 표했다.

생각해보니 엄마의 생일날 특별한 선물을 해준 게 없었다. 엄마가 좋아할 만한 음식을 해주거나 옷을 사주거나 편지를 써줬다. 엄마에게 물었다. 엄마 뭐 원하는 거 있어? 말해봐. 내가 엄마의 소원을 이뤄 줄게. 엄마는 내 말을 기다렸는지 바로 대답했다. 비행기. 까지만 말하고 울었다. 갑작스러운 눈물에 당황했다. 일단 엄마를 진정시키고 다시 물었다. 엄마는 울먹이며 다시 대답했다. 비행기에서 먹는 밥이 먹고 싶다고. 엄마, 기내식 말하는 거야? 뜬금없이 왜 기내식이 먹고 싶었을까. 평생 비행기 한번 타본 적 없었는데. 아니다. 있었다. 엄마가 우리 가족들 중 최초로 해외에 나갔던 적이.

　내가 군대에 있던 시절, 부모님은 병을 초기에 잡으려 몸부림치고 있었다. 그때 엄마는 양손에 힘이 없었다. 그러다 한국에서 손가락 다섯 개 안에 들어가는 교회의 목사를 만났다. 그 목사는 고령에다 몸에 질환이 있었는데 중국에서 줄기세포를 맞고 나았다고 했다. 사실 그건 불법이었다. 하지만 부모님은 계획을 진행했다. 그런데 꼴랑 주사 세 번 맞는데 천만 원이 넘었다. 부담스러운 금액이었지만 엄마를 위해서 상관없이 돈을 냈다. 아무것도 모르는 엄마가 혼자서 거길 갈 수 없어서 가이드도 붙었다. 그렇게 엄마는 중국을 세 번이나 갔다 왔다. 그때 비행기에서 무료로 기내식을 줬는데 엄마는 움직이지 못하는 손 때문에 먹을 수가 없어서 옆의 가이드가 먹는 걸 구경

만 했다. 남들은 다 먹고 있는데 엄마 혼자 침을 모아 삼
키고 있었다.

기내식을 만들어 주기로 했다. 우리 가족은 비행기를
타본 사람이 없어 기내식이 어떻게 생겼는지 몰랐다. 인
터넷에서 검색을 했다. 은박지로 이뤄진 그릇에 담긴 덮
밥이 보였다. 바로 은박지로 그릇을 만들었다. 쓰레기통
에서 갓 꺼낸 것 같이 생기게 만들어 버렸다. 냉동고에 있
던 돼지고기로 급하게 요리를 했다. 음식은 정말 맛없게
보였다. 은박지 그릇에 밥을 넣고 그 위에 돼지고기 요리
를 올렸다. 꼬라지가 정말 형편없었다. 엄마한테 보여주
며 이렇게밖에 못 만들어서 미안하다고 했다. 엄마는 정
말 고맙다면서 바로 우리집 기내식을 먹었다. 물론 감동
적었지만 맛은 보장이 안 돼서 기내식은 남겨졌다.

엄마는 하루 종일 드라마를 봤다. 아침 드라마부터 저
녁 드라마까지 방영하는 모든 걸 챙겨봤다. 하지만 24시
간 집에만 있는 엄마에게는 짧은 영상에 불과했다. 더 이
상 볼 게 없으면 봤던 드라마를 다시 보기를 반복했다. 엄
마에게 물었다. 엄마 뭐 보고 싶은 드라마 있어? 엄마가

대답했다. 뿌리, 라고. 뿌리 깊은 나무? 엄마는 아니라고 했다. 내가 아는 드라마는 그것뿐인데. 혹시나 다른 '뿌리'라는 드라마가 있나 찾아봤다. 없었다. 다만 1977년 작 미국 드라마뿐이었다. 엄마, 제목이 틀린 거 같은데 미국 드라마 말곤 없어. 그런데 엄마가 이 드라마가 맞다고 했다. 1961년생인 엄마는 어릴 적에 봤던 드라마를 찾고 있었다.

드라마는 소설 원작으로 1767년 감비아에서 납치되어 미국에 노예로 끌려온 쿤타 킨테와 그의 후손들의 삶과 고난을 그린 이야기였다. 텔레비전 안에서 흑인들은 자유를 갈망했다. 엄마가 집에서 자유의 몸을 찾는 것처럼.

파랑색이 보고 싶어 바다에 갔다. 휠체어를 타고 바닷길을 걸었다. 집의 먼지 냄새를 맡다가 바다 냄새를 맡고 숨이 탁 트였다. 깊게 숨을 들이마셨다가 목이 막혀 죽을 뻔했다. 이젠 숨쉬기도 벅차다.

나 대 지 마 라

남겨진 기억들

      엄마의 말이 어눌해졌다. 천천히 모래에 빠지는 개미지옥처럼 엄마의 말수도 줄어들었다. 항상 엄마와 수다 떠는 재미로 살았는데. 이젠 대화하기도 힘들어졌다. 집 안에서 사람 소리가 사라졌다.

    하루는 엄마와 단둘이 있었다. 아빠는 직장에 갔고 누나는 약속이 있어 나갔다. 누나와 내가 약속 때문에 나가는 건 군대 휴가보다 드문 일이다. 그래서 각자 약속을 잡으면 잠을 줄이면서까지 서로를 배려해줬다. 3시간밖에 못 잔 나는 눈의 힘줄이 느슨해 있었다. 요즘 엄마가 호흡이 약해졌다며 불안해했고 누나는 군말 없이 엄마에게 산소 호흡기를 주기적으로 시도하느라 많이 피곤해 있었다. 과거의 누나라면 있을 수 없는 행동이었다. 변화된 모습에 대견스러웠다. 그래서 친구와 약속을 잡고 나갔을 때 그 어느 때보다 흔쾌히 수락했다.

엄마가 누워 있는 소파 반대편에 앉아 깜빡 졸았나 보다. 엄마가 나를 불렀다. 비몽사몽한 상태로 갔다. 드라마가 끝나서 채널을 바꿔 달라는 건가? 리모컨을 잡았다. 그런데 엄마가 내 핸드폰을 가져 오라고 했다. 아빠나 누나한테 전화하려는 건가? 핸드폰을 들고 왔다. 엄마는 녹음을 하나 하자고 했다. 뭘 녹음할 거냐고 물었다. 엄마는 아무 말 없이 미소를 지었다.

녹음기를 켰다. 엄마는 어눌해진 입으로 천천히 말을 하기 시작했다. 보통의 사람이면 금방 끝낼 말이었다. 하지만 엄마는 그럴 수 없었다. 이미 개미지옥 속 개미귀신이 엄마를 물고 늘어지는 듯했다. 엄마는 최대한 발음을 또박또박 말하려고 노력했다. 많은 시간이 소모됐다. 처음에는 무슨 말인지 못 알아들었지만 계속 듣다 보니 엄마가 무엇을 말하고자 하는지 알았다. 유언이었다. 나중에 자신이 숨을 못 쉬어 긴급한 상황이 놓인다면 절대로 목을 뚫어 호흡기를 달게 하지 말아 달라고. 그냥 죽게 내 버려 두길 바란다고 했다.

녹음이 끝나자 엄마는 울었다. 나도 울었다. 그렇게 한 동안 둘이서 눈물을 쏟았다. 엄마는 아빠와 누나한테는 비밀로 해달라고 했다. 엄마의 유언을 지키고 싶지 않다. 결정할 수 없다. 하지만 언젠가 엄마가 말한 그 상황은 온다. 싫어도 선택해야만 하는 운명이 되었다.

하루는 엄마가 시를 쓰고 싶다고 했다. 나는 엄마가 말하는 대로 적었다. 어느 정도 쓰면 읽어주고 다시 수정하기를 반복했다. 한 편을 쓰는 데 거의 보름이 걸렸다. 그렇게 두 편을 썼다. 50대 아줌마가 쓴 시에서 순수한 소녀의 감수성이 느껴졌다.

엄마의 일기장을 만들기로 했다. 단둘이 있을 때 엄마에게 일기를 쓰자고 권했다. 첫날부터 문제가 생겼다. 일기를 쓰다가 엄마는 화를 냈다. 하기 싫다며 꺼지라고 했다. 내가 엄마의 말을 잘 못 알아들어서였다. 우리에게는 인내가 필요했다.

시간이 지날수록 엄마는 못 알아듣는 나를 봐주며 열심히 일기를 썼다. 나중에는 엄마가 먼저 쓰자고 할 정도로 열정적이었다. 하지만 시간이 지날수록 엄마의 입은 움직이지 않았고 한 문장을 쓰는데 너무 많은 시간이 걸리게 되었다. 엄마는 많이 지쳐갔다. 일기의 장문은 점점 단문이 되어갔다. 단어 하나에 점점 많은 의미가 담겨졌다. 엄마는 이제 알았을 거다. 내가 왜 일기를 쓰자고 했는지. 언젠가 이 일기장은 유언장이 된다는 걸.

이제 엄마는 서 있기도 힘들어졌다. 항상 누워만 있게 되었다. 집 밖으로 나가는 날은 달력에 별 모양을 칠 정도가 되었다. 집에만 있는 엄마는 무슨 생각을 할까 궁금할 때가 있다. 그럴 때마다 엄마의 일기장을 봤다. 엄마는 많은 생각을 하고 있었다. 그 모든 생각의 주제는 하나였다.

가족.

밤에 딸과 오랜만에 얘기를 했다. 여러 가지 얘기를

했지만 분명히 변하지 않겠지만 조금은 바뀌겠지? 사실 생각하면 이것도 잘하는 일이 아닌가? 미안하고 고맙고 말로 어찌 다할 수 있을까.

이십 대에 할 일을 껑충 뛰어넘어서 없어진 것처럼 내 인생이 아니라 가족의 삶을 공유하면서 내 의지와 상관없이 살고 있지 않은가. 모두가 힘들지만 내 딸이 더 많이 힘들어한다. 그런데도 다 알지만 조금만 잘못하면 다른 사람보다 내 딸한테 더 많이 화를 낸다.

내 아들은 컴퓨터로 일을 한다고 대문 밖을 나가지 않는다. 나는 걱정된다. 우선 밥을 제대로 안 먹고 운동도 안 한다. 아들의 몸이 망가지는 소리가 들리는 것 같다. 저렇게 지내다가 잘못될까 걱정이다. 시간 배정을 잘해서 건강한 생활을 했으면 좋겠다.

제4장

엄마의 이름으로

나를 알아봐 줘

생각을 사실이라 여기고 그 말이 확고한 신념이 된다면 우린 이것을 진실이라고 해야 할까? 엄마의 근육을 갉아먹는 루게릭병은 아직까지도 명확한 원인이 밝혀지지 않았다. 지우고 싶어도 지울 수 없는 괴물 같은 병. 엄마는 왜 이런 병에 걸렸을까? 아니면 왜 하필 루게릭은 엄마를 선택했을까?

엄마는 작은 키에 통통한 보통의 아줌마다. 엄마의 어릴 적 이야기를 들어보면 시골에 살면서 그다지 큰 병에 걸린 적도 없었다. 농사도 짓고 심심하면 산에 가서 놀았으니 면역력 하난 좋았을 거라 생각한다. 엄마와 같이 살면서 엄마가 감기 같은 잔병에 걸릴 걸 거의 본 적이 없다. 유일하게 아파하는 게 하나 있었는데 생리통이 남들보다 심했다. 엄마의 유전자를 받은 누나도 생리 기간만 되면 평소보다 집 안을 더욱 난장판으로 만들었다.

처음 엄마는 두 가지 병 중에 하나일 거라고 했었다. '근위축성 측색 경화증'과 '진동 증후군'. 근위축성 측색 경화증은 엄마가 걸린 루게릭병이라 불리고 진동 증후군은 '손팔 진동 증후군'이라고도 불린다. 엄마는 20살 때 서울에 상경하면서부터 30년 넘게 미싱 일을 했다. 주로 드레스와 한복에 수를 놓았다. 평일과 주말을 가리지 않고 거의 하루 종일 일을 했다. 아침부터 저녁까지 집에는 진동 소리가 들렸다. 귀가 먹먹해질 정도로 소음이 컸다. 그 정도 소음을 내는 진동이라면 얼마나 셀까. 아무래도 루게릭병의 원인은 진동이라 생각했다.

그날도 엄마와 일기를 썼다. 그때는 하루하루를 기록한 지 얼마 되지 않은 시점이라 엄마의 발음이 어느 정도 들렸고 내가 빨리 말을 알아들어 일사천리로 30분 만에 끝냈다. 가족들이 오기 전에 일기를 숨기고 엄마와 수다를

나 대 지 마 라

떨었다. 그러다 병에 대한 얘기가 나왔다. 엄마, 루게릭병도 일종의 진동 증후군 아닐까? 엄마가 술, 담배도 안 하고 깔끔해서 위생적인 음식만 먹었잖아. 내 생각엔 미싱할 때 생긴 진동이 원인인 거 같아. 엄마는 바로 아니라고 했다. 그럼 뭔데? 엄마는 말하기 싫다고 했다. 왜? 그냥 말하기 싫다고. 일기 쓰느라 더 이상 말하기 귀찮아졌다고. 나중에 들었을 때 엄마는 이 얘기를 무덤까지 갖고 갈 생각이었다.

1년이 지났다. 처음의 열정이 식어 일기를 가끔씩 썼다. 엄마와 작년에 일기에 뭘 썼는지 보고 있었다. 사실 엄마에게도 말하지 않은 비밀이 하나 있는데 엄마가 일기를 쓰고 내 방에 숨기기 전에 내가 몰래 코멘트를 썼다. 엄마는 노안이 심해서 읽을 수가 없어 내가 항상 읽어줬기 때문에 엄마는 모르는 일이다. 그날의 코멘트를 혼자 속으로 읽었다.

'내가 생각하기엔 루게릭병은 미싱 때문인 거 같은데 엄마는 그렇게 생각하지 않는 거 같다. 왜일까?'

1년 만에 엄마에게 다시 물었다. 엄마, 이제 얘기해주면 안 돼? 응? 엄마는 굳은 표정으로 나를 봤다. 엄마의 눈동자만이 요동쳤다. 건들면 안 되는 걸 건든 기분이 들었다. 알았어. 그러면 다음에 다시 물어볼게. 엄마는 잠시 고민을 하더니 얘기해주겠다고 했다. 천천히 입을 열었다.

대학교 1학년 여름방학 때 지금과는 달리 나는 오직 자신만을 위해 달리고 있었다. 시간은 늦은 밤이었고 엄마는 미싱을 돌리고 있었다. 누나는 모두가 자고 있는 그 시간에 아파트 앞에서 줄넘기를 하겠다고 나갔다. 나는 방에서 내일 있을 영어 시험 공부를 하다가 누나가 나가는 모습을 보고 미친 게 아닌가라는 생각을 했다. 얼마 전, 우리집 아파트 앞에서 여성을 대상으로 소매치기 사건이 발생했다. 누나는 그 사건을 가족들에게 얘기하면서 이 동네는 너무 위험하다고 무서워서 밖에도 못 나가겠다고 분명히 말했었다.

얼마 안 있어 미싱을 돌리던 엄마가 내 방에 들어와 말했다. 누나 어디 갔냐고. 나는 대답했다. 누나 줄넘기 하러 나갔어. 엄마는 나에게 내려가보라고 했다. 시험이 내일

인데. 나는 싫다고 했다. 엄마는 바빴는지 내게 다시 내려
가보라고 말하곤 미싱을 돌렸다. 난 공부를 이어갔다. 잠
시 후 엄마가 다시금 내 방에 왔다. 왜 안 나갔냐고 물었
다. 난 지금 바빠서 못 나간다고 말했다. 엄마는 화가 잔
뜩 났다. 마루로 가서 근처에 몽둥이 같은 걸 찾았다. 난
내 방문을 닫고 문을 잠갔다. 그러자 엄마는 내 방문을 부
쉈다. 문에 구멍이 났다. 쉽게 부서지는 문이 절대 아닌데.
그 틈으로 손을 들이밀어 방문을 밀며 막고 있는 내 머리
끄덩이를 잡았다. 때마침 누나가 창문으로 그 모습을 발
견했다. 근데 엄마와 내가 장난치는 줄 알고 깔깔깔 웃었
다. 그리고 이내 심각한 상황인 걸 깨닫고 집으로 급히 들
어왔다. 그렇게 상황은 종료됐다.

　엄마는 왜 지금 그 얘기를 하는 걸까? 엄마는 화를 잘
내는 편이었다. 어릴 때부터 엄마한테 하도 맞아서 이 날
의 일을 심각하게 기억하고 있지 않았다. 그저 평소보다
화가 더 났나보다 싶었다. 하지만 엄마는 그때 미칠 정도
로 화가 나서 뇌가 녹아내리는 거 같았다고 했다. 과장이
아니라 정말 뇌가 녹아서 흘러내리는 게 느껴졌다고. 말
이 끝나자 엄마는 미안한 건지 아니면 원망하는 건지 모

를 표정을 짓고 있었다.

아, 그렇구나. 엄마는 루게릭병의 원인이 나라고 생각하고 있구나. 말도 안 되는 소리다. 그때 일 때문에 엄마가 루게릭병에 걸렸다니. 하지만 엄마는 그걸 굳게 믿고 있었다. 엄마의 유일한 희망인 하나님을 믿는 것처럼.

미안했다. 하지만 내가 여기서 미안하다고 말해야 할까? 만약 미안하다고 말하면 지금 짓고 있는 엄마의 표정이 확고해질 거다. 그리고 죽는 순간까지 나를 원망할지 모른다. 그 밖의 말을 하고 싶었지만 엄마에게 달리 해줄 말이 떠오르지 않았다. 말없이 엄마를 안아줬다.

엄마의 마음속에 자신의 근육을 갉아먹은 괴물은 루게릭병이 아니라 나였다. 수년 동안 엄마가 나를 괴물로 보고 있진 않았을까. 마음이 너무 아팠다. 화장실에 갔다. 찬물로 세수를 했다. 고개를 들다가 순간 멈칫했다. 눈앞의 거울 속에 내가 아닌 괴물이 서 있을 것 같았다. 결국 거울을 보지 않고 화장실을 나왔다.

나 대 지 마 라

처음에는 죽고 싶을 만큼 괴로웠는데 지금은 살 만하다. 아무것도 움직이지 못하고 눈만 껌벅거리는 게 익숙해졌다. 일기 쓰기가 어렵다. 아직 하고 싶은 말이 많은데.

받아들일 수 없는 것

엄마의 몸이 마를수록 가난은 배불러만 갔다. 집에 돈이 없다. 아끼고 절약한다며 열심히 가계부도 적었건만 쓸데없는 짓이 돼버렸다. 쌓여가는 약값 영수증을 바라보며 저게 다 돈이었으면 좋겠다 싶었다. 그래도 어떻게든 버텨야 했다. 누나와 나는 다이어트라는 명목하에 1일 1식을 시작했고 집 안의 값 나가는 물건들을 죄다 팔았다. 학창 시절부터 매일 치던 피아노, 첫 월급으로 산 가방 그리고 엄마가 고등학교 졸업 기념으로 사준 시계를 중고시장에 올렸다. 속으로 아무도 안 사길 빌었다. 하지만 모두 팔렸다. 내게 소중했던 추억들은 모두 푼돈이 되어 돌아왔다. 그렇게 엄마의 비싼 약과 건강식을 지

나 대 지 마 라

켜냈다.

　하루는 아빠와 누나가 대판 싸웠다. 애석하게도 돈 때문이었다. 누나는 가빠진 숨을 내뱉으며 우리는 먹은 게 없어서 위에 주름살이 생겼는데 아빠는 어떻게 남들에게 밥을 사줄 수 있냐며 역정을 냈다. 그 말을 듣고 나는 아빠가 회사 사람들에게는 엄마 얘기를 하지 않았다는 걸 알았다. 아빠는 사회생활을 하면 어쩔 수 없다고 말했지만 누나는 이미 서러움에 북받쳐 들을 생각조차 안 했다. 둘 사이에 언성이 점점 높아졌다. 엄마를 봤다. 가만히 누워 있는 듯 보였지만 눈빛은 그 누구보다 사나웠다. 아마 엄마는 필사적으로 저 둘을 말리고 싶어 했을 거다. 하지만 그럴 수 없었다. 떨쳐낼 수 없는 바위덩이가 엄마의 몸을 누르고 있었다. 엄마는 어떻게든 말려보겠다고 있는 힘을 다해 목소리를 냈지만 누나의 숨소리에 묻혔다. 마음만으론 그 누구보다 목청이 터져라 소리 지르고 있을 텐데. 그러다 엄마의 눈물이 대신 터졌다. 엄마가 울어서야 다툼이 멈췄다.

　다음 날 아빠는 출근하고 누나는 방 밖으로 나오지 않

았다. 나는 엄마를 간호하느라 밤을 새운 상태였지만 어쩔 수 없이 진한 커피 한 잔으로 잠을 쫓았다. 엄마에게 아침으로 영양죽을 먹였다. 아무도 없는 틈을 타서 엄마와 일기를 쓰려고 했다. 펜과 일기장을 들고 왔다. 그런데 엄마는 평소와는 다른 표정으로 나를 보고 있었다. 엄마가 할 말이 있구나.

일기장을 접고 엄마에게 하고 싶은 얘기가 있냐고 물었다. 엄마는 미소를 머금으며 장애인 등록을 하자고 말했다. 뭐라고? 내가 잘 못 들었나 싶어 다시 물었다. 엄마는 같은 말을 했고 내가 들은 게 맞았다. 하지만 나는 못 들은 척하며 등을 돌렸다. 그러자 엄마가 웃었다. 그때 엄마는 왜 웃었을까.

저녁이 되어서야 서먹한 두 사람이 등장했다. 나는 아침에 엄마가 했던 말을 전했다. 다들 놀랐다. 어제까지만 해도 서로에게 송곳니를 드러내던 둘은 합심하여 엄마에게 절대 그럴 일은 없을 거라고 단호하게 말했다. 엄마는 화를 냈다. 돈이 없으니 국가로부터 혜택을 받아야 한다고. 평소 같으면 엄마의 의견을 따라줄 아빠도 이번에는

나 대 지 마 라

달랐다. 논쟁은 생각보다 길어졌다. 사실 결과는 뻔했다. 엄마의 의견대로 된다. 결국 선택하게 될 운명이지만 아빠와 누나는 받아들이기 어려워하고 있었다. 내 아내가, 내 엄마가 장애인이 된다는 걸 누가 받아들일 수 있을까? 이런다 한들 돈은 우리를 가엾게 여기지 않는다. 한참이 지나서야 엄마를 장애인 등록 하기로 결정했다.

밤 11시. 아빠와 누나는 잠을 자러 방으로 들어갔고 마루에는 엄마와 나만이 덩그러니 남아 있었다. 엄마가 나를 불렀다. 화장실을 가려나 싶어 옮기려고 엄마를 들었다. 작은 소리와 함께 미동이 느껴졌다. 아, 화장실이 아니구나. 엄마를 내려놓고 뭐 해줄까? 물었다. 엄마는 산책을 가자고 말했다. 내 귀를 의심했다. 예전부터 그렇게 나가자고 졸랐는데 엄마는 질색을 하며 싫다고 했었다. 믿을 수 없어 다시 물었다. 엄마는 밖에 나가고 싶다고 했다. 그 말에 잠을 못 자서 죽기 직전이던 내 몸에 엔도르핀이 가득 찼다. 속으로 함성을 질렀다. 잔뜩 신난 마음으로 아무도 모르게 엄마를 휠체어에 앉혀 밖으로 나갔다.

오랜만에 밖으로 나온 엄마는 우리 동네가 신기해 보였

느지 말똥말똥한 눈으로 이리저리 둘러봤다. 고작 문 앞에서 조금 벗어났을 뿐인데. 신호등을 건너 개천 길을 걸었다. 그러다 엄마가 멈춰 달라고 했다. 어릴 적 여름만 되면 돗자리를 깔고 라면을 끓여 먹던 잔디밭이었다. 그곳에서 누나와 나는 잠자리를 따라 쉼 없이 뛰어다녔다. 그러다 내가 넘어지고 울기 시작하면 엄마가 달려왔다. 아, 엄마가 그때는 움직일 수 있었구나. 잠시 잊고 있었다. 엄마도 나처럼 두 발로 걸었고 하나의 입으로 말했는데. 엄마가 다시 걸을 수 있고 말할 수 있게 되는 상상을 해봤다. 우리 둘은 서로에게 말없이 각자의 밤을 즐겼다. 그렇게 한 시간 동안 그곳에 있었다. 엄마가 화장실에 가고 싶다고 했다. 다시 집을 향해 휠체어를 밀었다.

  그날 낮에 꿈을 꿨다. 어릴 적에 살았던 집에서 개나리가 흩날리고 있었다. 젊어진 아빠와 교복을 입은 누나가 함박웃음을 터뜨리며 수다를 떨고 있었다. 그러다 나를 보더니 내게 오라며 천천히 손짓을 했다. 그런데 엄마가 보이지 않았다. 나는 엄마를 찾았다. 안방 문을 열자 엄마가 있었다. 엄마는 누워서 한참을 기다렸다는 눈빛으로 나를 바라봤다. 그리곤 울먹이며 화장실에 가고 싶다고

나 대 지 마 라

말했다. 엄마는 이제 꿈속에서마저 병들어 있었다.

차에 타면 재밌었다. 내가 가만히 있어도 세상이 움직이는 게 좋았다. 하루 종일 타고 싶지만 나는 이제 앉아 있는 것도 힘들다. 차에서도 눕는다. 아무것도 안 보인다. 천장은 꺼진 텔레비전 같다. 드라마는 재미없다. 사는 게 지겹다.

나만 몰랐던 세상

　　　　　나는 아침형 인간을 꿈꾸는 야행성 인간이
다. 태양이 뜰 때 두려운 마음으로 취침하고 하늘이 서서
히 붉게 물들면 불안감에 벌떡 일어난다. 그러면 정해진
일과가 시작된다. 출근도 없지만 퇴근도 없는 게 지금의
내 삶이다. 기지개 한번 켤 틈도 없이 급하게 마루로 나가
엄마를 본다. 엄마는 반갑다며 얕은 미소를 보인다. 안도
하는 마음으로 엄마에게 인사한다. 엄마를 화장실로 옮긴
다. 엄마의 볼일이 끝나면 다시 마루로 모신다. 그 다음 나
혼자 화장실에 간다. 나도 볼일이 끝나면 마루로 나온다.
집 안을 청소기와 물걸레질로 청소한다. 나는 관대하지만
집 안의 먼지는 단 하나라도 용서할 수 없다. 이 작디작은

먼지 하나가 숨쉬기도 바쁜 엄마의 기관지에 안착하기라도 하면 엄마는 생사의 갈림길에 선다. 고작 이처럼 보이지도 않고 소소한 것이.

오늘의 청소는 평소와는 달랐다. 대청소였다. 안방은 물건들까지 바꿨다. 안방 벽에 걸린 웅장한 백두산 동양화를 떼어내고 걸레처럼 낡은 러닝셔츠를 걸었다. 책상 위에는 내가 세계여행을 꿈꾸며 산 지구본을 치우고 만약을 위해 준비한 산소 호흡기를 채웠다. 화려했던 안방은 이렇게 처량하게 변했다. 오랜만에 우리집으로 손님이 온다. 엄마를 장애인으로 만들어줄 사람들이.

누나는 청소를 하다가 신경질을 내더니 직장에 있는 아빠에게 전화를 걸어 따졌다. 굳이 이렇게까지 해야 하냐고. 엄마가 아픈 거랑 집안 분위기랑 도대체 무슨 상관이냐고. 아빠는 혹시나 집안이 잘사는 것처럼 보여서 엄마가 장애인 등록이 안될 수도 있으니 최선을 다해야 한다고 했다. 최대한 가엾게. 하지만 우린 이미 가만히 있어도 불쌍해 보였다. 사실 아빠의 마음을 이해할 수 없었지만 지시에 대해서는 동의했다. 엄마는 겉보기에 정상인처럼

보였다. 그저 말없이 앉아 있거나 누워 있는 얌전한 소녀
처럼.

대청소가 끝나고 혹시나 보이지 않는 미세먼지가 가라
앉을 때까지 기다렸다. 어느 정도 시간이 지나고 우린 엄
마를 침대에 눕혔다. 엄마를 빤히 봤다. 엄마, 그냥 누워
있는 것처럼 보이는데 어떡하지? 전혀 아파 보이지 않는
데. 내 말에 엄마가 웃었다. 누나는 물었다. 아빠 말대로
혹시 모르니까 화장으로 창백하게 만드는 건 어떠냐고.
엄마는 거절했다. 내가 아빠에게 인증 샷을 보여주자고
했다. 누나가 내 핸드폰으로 안방과 엄마를 찍어서 아빠
에게 보냈다.

약속시간이 되자 사람들이 왔다. 검은 뿔테가 어울리는
40대 남자와 깐깐해 보이는 인상의 30대 여자였다. 그 둘
에게 잘 부탁드리는 마음으로 90도 인사를 했다. 그들은
엄마가 있는 방으로 바로 갔다. 긴장됐다. 거짓말을 하는
것도 아닌데. 혹시 엄마를 정상인으로 오해하면 어떡하
지? 그럼 엄마 옷 속에 숨겨진 팔 다리를 만져보라고 해야
겠다. 근육이 없어서 앙상한 게 느껴질 테니까. 그런데 그

들은 들어가자마자 엄마를 잠깐 보더니 바로 나왔다. 마루에서 엄마를 제외한 넷이 앉아서 간단한 대화를 했다. 그들은 고생한다면서 별 문제없이 등록이 될 거라고 했다. 그게 좀 의아했다. 내어 준 찻잔에서 여전히 김이 피어나는데 그들은 떠났다. 하루 종일 청소한 보람을 어디에서 느껴야 하나.

엄마에게 갔다. 엄마, 끝났어요. 아빠에게 전화를 걸었다. 아빠, 끝났어요. 근데 이 사람들 대충하는 거 같은데. 검사도 안 하고 잠깐 있다가 갔어요. 혹시 보내준 사진 봤어요? 엄마 너무 정상처럼 보여서 걱정했는데. 수화기에서 대답이 없었다. 아빠? 들려요? 여보세요? 아빠. 전화가 꺼졌다. 소방관이라 바빠서 그런가보다. 카카오톡으로 아빠가 사진을 봤는지 확인했다. 누나가 '아빠, 끝났어. 엄마 사진 보냈다'라고 보낸 문장 옆에 숫자 1이 없었다. 그 위로 10장 가량의 사진들이 보내져 있었다. 아빠는 이미 사진을 본 뒤였다. 나도 사진들이 어떻게 찍혔는지 열어봤다. 사진 속에는 하루 종일 청소한 더러운 방이 보였다. 그리고 엄마는 없었다. 엄마와 닮은 장애인이 찍혀 있었다. 앙상한 볼 살에 머리카락이 많이 부족해 보이고 눈이 풀려 정신적으로 문제가 있어 보이는 중년의 여성. 내 엄마가 이렇게 변해 있었다. 항상 곁에 있어서 몰랐다. 엄마가 이렇게 힘들어 보이는 줄. 아빠에게 사진을 보낸 걸 후회했다. 아빠도 나와 같은 생각을 하고 있겠지. 진실을 보여준 핸드폰이 미워 바닥을 향해 화면을 뒤집어 놓았다. 엄마에게 표정을 들킬까 봐 피곤한 척 방으로 들어갔다.

누나는 잠들고 더 깊은 밤이 되어서야 아빠가 집에 왔다. 우리에게 일이 있어서 늦었다며 미안하다고 했다. 엄마에게 수고했고 연기를 잘하니까 다 나으면 배우를 하라며 칭찬을 했다. 아빠의 표정은 정말 기뻐하는 것처럼 보였다. 저 칭찬은 아빠 자신에게도 한 말 같았다. 정말 연기였으면 좋겠다. 이 모든 것이. 8년 동안의 고통이.

나는 장애인이 됐다. 남편 얼굴을 못 보겠다. 창피해서 고개를 숙이고 싶지만 힘이 없다. 그래서 눈을 감았다. 아들은 내가 자는 줄 알고 드라마를 껐다. 다시 보고 싶었지만 소리를 내면 남편이 올까 봐 가만히 있었다.

피보다 진한 어느 연못

어릴 적, 어른들을 보면 열심히 살아간다고 생각했다. 하지만 내가 어른이 되고 보니 그렇게 죽어가는구나 싶다. 엄마는 루게릭병이란 진단을 확진 받고 그걸 받아들이는 데는 시간이 좀 걸렸다고 했다. 자신이 희귀병이자 불치병이자 시한부 인생이라는 걸 받아들이고 힘들게 가족들에게 알리기로 했다. 아빠와 나에게 말한 후 그 다음으로 전한 사람은 엄마의 친언니인 큰이모였다.

엄마는 큰이모를 만나 정말 어렵게 얘기했다. 하지만 큰이모는 엄마의 고백을 귓등으로 들었다. 자기 자식들이 결혼할 생각을 안 해서 걱정이라는 둥, 일 때문에 바빠 죽겠다는 둥 자기 신세한탄만 했다. 엄마는 친언니가 당연히 자기를 위로해줄 거라고 생각했는데 엄마의 말을 무시하자 화가 나서 울었다. 어떻게 동생이 죽을병에 걸렸는데 위로 한마디 해주지 않고 자기 얘기만 하고 있냐고. 큰이모는 이렇게 말했다. 나도 힘들어. 너만 생각해?

나는 친척들을 생각할 때 '가족'이라는 틀 안에 넣기에는 좀 '이질적이다'라고 생각했다. 하지만 부모님은 다르다. 그들은 부모님에게 형제, 자매이며 육친이다. 그래서 우리 부모님은 그들을 어려울 때마다 도와줬다. 내 사촌들이 직장을 못 구하고 있으면 아는 회사에 넣어주고 병원에 입원하면 병원비에 보태라며 돈을 줬다. 심지어 친척의 외가 사람들까지 챙겼다. 하지만 그들은 그러지 않았다. 그들은 외면했다. 엄마의 형제들은 엄마를 가족이라 생각하고 있을까? 8년 동안 손가락 숫자보다도 우리집에 온 적이 없는 사람들이다. 엄마가 그들에게 가질 실망감을 생각하면 마음이 아려왔다.

친척들을 만났을 때 항상 나에게 하던 말이 있다. 너는 남자니까 일을 해야 한다고. 언제까지 집에만 있을 거냐고. 엄마는 누나가 돌보니까 어디든 취업하라고. 집에만 있을 거면 남자라는 이유로 가만히 있지 말고 누나를 좀 도와주라고. 나중에는 나에게 말도 걸지 않았다. 차라리 그게 좋았다.

반면에 누나에게는 대우가 달랐다. 누나에겐 항상 칭찬과 위로와 격려를 아끼지 않았다. 엄마 모시느라 고생한다며, 나도 너 같은 딸이 있었으면 좋겠다며, 너는 효녀니까 나중에 꼭 복 받을 거라고.

그래도 나는 집에 친척들이 온다고 미리 직접 요리도 하고 과일도 깎아 놓는다. 웃긴 건 칭찬은 누나가 받는다. 누나는 자기가 한 게 아니고 동생이 했다고 해도 친척들은 믿지 않는다. 내가 와 주셔서 감사하다는 의미로 반찬을 싸서 보내줘도 나중에 잘 먹었다는 말은 누나에게 돌아갔다.

이제는 그러려니 한다. 이따금 전화가 오면 나에게 집안일 좀 해라, 불쌍한 누나 좀 도우라는 말을 한다. 친척들은 모른다. 누나는 예전이나 지금이나 집안일은 잘 안 한다는 걸. 하지만 상관없다. 누나가 엄마한테만 잘해주는 모습을 보면 이런 오해들은 내 몸에 영원한 낙인으로 찍힐지라도 나는 웃을 수 있다.

예전에 딸에게 그려준 만화가 있었다. 갑자기 생각나서 내가 그린 만화를 보고 싶다고 했다. 딸은 하루 종일 그 만화를 찾았다. 결국 못 찾고 슬퍼하는 딸 모습에 마음이 아팠다. 다시 그려주고 싶은데 이젠 못한다. 언제쯤 다시 내 손이 움직일까? 하나님만이 알고 있겠지.

나 대 지 마 라

고생 끝에 보는 미소란

      우리 가족은 지쳐 있었다. 아마 세상에 우리 가족만 덩그러니 있었다면 그대로 쓰러져버렸을 거다. 하지만 우리 가족의 호흡이 가빠질 때마다 어딘가에서 희망의 손길을 내밀어줬다.

      엄마가 다니던 한양대 병원에서 임상실험이 있었다. 루게릭병을 늦춰줄 수도 있는 약이었다. 비용이 심각했다. 그런데 첫 병원비를 자신의 돈으로 써달라며 우리에게 100만 원을 준 분이 있었다. 같은 교회에 다니던 장로님이었다. 아빠가 비상금까지 바치며 데려온 은사가 엄마 손을 마구 때려 검게 만든 일이 있었다. 그 은사가 교

회 사람이라 종교에 대해 호의적이지 않았다. 편견의 목
각에 눌려 절대 빠지지 않는 모난 송곳에 박힐 뻔했다. 그
장로님이 없었다면 말이다. 친인척도 아닌데 어떻게 큰
도움을 줬을까. 신을 믿지 않지만 이건 확실히 종교의 힘
이었다.

엄마를 제외한 우리 가족은 요리를 해본 적도 없었다.
심지어 라면조차 엄마에게 부탁했었다. 엄마가 병에 걸리
고 나서 우리는 못하는 음식을 만들기 시작했다. 음식은
단 한 번의 오차도 없이 항상 망했다. 맛이 없었다. 환자가
먹을 음식이 못되었다. 이 사정을 어떻게 알았는지 큰엄
마가 반찬을 해줬다. 그것도 수년 동안. 큰엄마는 친척이
지만 피가 섞이지 않았다. 피가 섞인 친척들도 이렇게 해
준 사람이 없었다. 그런데도 큰엄마는 엄마를 위해 항상
몸에 좋고 값비싼 음식을 해줬다.

친척들 중에서 단 한 번도 본 적 없는 분이 있었다. 대
구에 살던 고모였다. 사실 엄마가 아프기 전에는 대구에
친척이 사는지도 몰랐다. 대구 고모는 우리에게 양파즙을
매번 보내주었다. 식당에서 일하던 대구 고모는 양파즙을

보내려고 자신의 끼니도 제대로 챙기지 못했었다. 그러다 영양실조로 쓰러졌다는 걸 한참이 지나서야 알았다. 왕래가 없었는데 정말 미안했다.

우리집에 가장 많이 방문했던 외삼촌이 있었다. 어릴 적부터 엄마와 제일 친했었다. 외삼촌은 올 때마다 병원비를 보태줬다. 삼촌의 아내인 외숙모는 안마사였다. 그래서 항상 올 때마다 엄마의 전신을 마사지해줬다. 가끔은 우리에게도 고생한다며 마사지를 해줬다. 친척들 중에 유일하게 같은 기독교 사람들이라 우리 가족이 많이 의지했다.

어느 날, 택배로 뉴케어라는 영양식품이 우리집에 도착했다. 어디서 온 걸가 알아보니 한국루게릭병(ALS)협회에서 보내준 후원이었다. 누나가 신청한 거라고 했다. 그 무렵 엄마는 음식을 씹기 힘들어 몸이 많이 약해져 있었는데 이 영양식품 덕분에 어느 정도 회복할 수 있었다. 그 외에 다른 의료기구들도 우리에게 보내줬다. 사실 나는 그 동안 당한 게 너무 많아 이런 기부 단체나 협회를 믿지 않는다. 하지만 루게릭병협회는 내가 유일하게 믿는 곳이다. 받은 만큼 돌려주고 싶다. 언젠가 이곳에 도움을 줄 것이다.

엄마가 이 병에 걸리기 전까지 루게릭병에 대해 아무것도 몰랐다. 주변 사람들도 마찬가지였다. 아무도 몰랐다. 아마 대부분의 사람들도 이 병을 잘 모를 것이다. 그런데 TV 속에서 연예인들이 아이스버킷 챌린지라는 걸 하기 시작했다. 얼음물을 뒤집어쓰고 기부를 할지 아니면 다른 세 사람을 지목할지 정하는 이벤트였다. 엄청난 이슈였다. 전 세계적으로 하는 이벤트라서 세상 사람들이 루게릭병에 대해 알게 되었다. 신기했다. 아무도 모를 우리의 이야기를 사람들이 알게 돼서. 감사했다. 우리가 열심히 살아가고 있다는 걸 들어줘서. 아이스버킷 챌린지를 안 좋게 보는 사람들도 있었지만 당사자로서는 너무 좋았다.

그중에서 가장 고마운 사람이라면 우리 누나가 아닐까 싶다. 누나는 어릴 적부터 개인주의 성향이 강했다. 엄마가 병에 걸렸을 때도 여전했다. 하지만 시간이 흐를수록 누나는 변했다. 엄마 없이 살려던 누나는 이제 엄마 없이 못 산다고 말했다. 엄마를 진심으로 위했다. 사람이 변할 수 있다는 걸 누나를 보고 깨달았다. 하지만 그 성격은 잘 지워지지 않아 가끔가다 미쳐 날뛰기도 했다. 그런 모습을 볼 때마다 엄마와 나는 누나 몰래 웃곤 했다.

누나가 없었다면 엄마는 일찍이 세상을 떠났을 거다, 라고 엄마가 늘 말했다.

나는 아직 살아 있다. 햇빛을 너무 안 쬈다. 요즘 마음이 우울하다. 어떻게 하면 빨리 하늘나라로 갈까 생각한다. 그러다가 갑자기 남편과 아이들을 보면 정신이 번쩍 든다. 희망의 끈을 잡고 싶은데 보이지 않는다. 언제쯤 소식이 들릴까?

제5장

떠나지 못한 여행

누구보다 가슴 아플 그대에게

    어릴 적 우리집은 가난했다. 살았던 집은 낡디 낡아 바깥 벽에 간 금이 안에까지 나버렸다. 그 틈으로 항상 찬바람이 불었다. 겨울이면 테이프를 이중 삼중으로 붙였다. 가끔 20대 청춘들이 귀신 체험을 한다며 우리집 골목에서 서성였다. 내가 말없이 그 골목에 들어가면 방금 꼬마 귀신이 지나갔다며 소리 지르곤 도망쳤다. 그래서 난 귀신을 안 믿는다.

    우리 가족이 소지한 대문 열쇠는 단 한 개뿐이었다. 그런데 그걸 아빠가 잃어버렸다. 새로 열쇠를 장만해야 했다. 하지만 그럴 수 없었다. 돈이 없었다. 엄마는 우리에게 칼로 문 따는 방법을 알려줬다. 우린 손재주가 있어서 금방 배웠고 나중엔 열쇠로 문을 따는 것보다 빠른 경지에 이르렀다. 누나와 나는 항상 책가방에 과일칼 한 자루씩 넣고 다녔다. 하지만 아빠는 손재주가 전혀 없었다. 어쩔 수 없이 아빠는 잠긴 문을 외면한 채 벽을 타고 창문을 통해 집으로 들어왔다. 다행히 우리집은 2층이었고 바닥에는 흙이 많았다. 아빠에게 그래도 좀 위험하지 않냐고 묻자 아빠는 금이 간 곳이 많아 벽을 타는 건 어렵지 않다고 말했다. 가끔 누군가의 신고로 집에 경찰이 방문하기도 했다.

하지만 그때까지는 우리집이 가난한 줄 몰랐다. 행복했기 때문이다. 초등학교 5학년 때, 친구를 집에 데리고 와서 놀았다. 다음 날 그 친구가 나에게 미안하다고 했다. 우리집이 그렇게 가난한 줄 몰랐다고. 그 친구 덕분에 우리집이 가난하다는 걸 알게 되었다. 하지만 계속 가난하지는 않았다. 엄마는 부동산으로 재테크를 했다. 엄마는 부동산을 배운 적이 없었지만 좋은 머리 하나 믿고 부동산에 덤볐다. 그리고 내가 대학에 입학할 무렵 우리집은 가난에서 벗어나게 되었다. 남들이 부러워할 정도였다.

빵집에 일하러 가는 첫날 엄마가 나를 불렀다. 그리고 한 이야기를 들려줬다.

엄마는 아빠와 결혼한 후, 집에 먹을 쌀이 없어서 교회를 다니기 시작했다. 교회가 멀어서 버스를 타야 하는데 그 돈조차 없어서 왕복 3시간을 걸어 다녔다.

힘들게 살던 중 서울에 있는 엄마 친구가 집들이 초대를 했다. 엄마는 갈지 말지를 한참 고민했다. 돈이 없었기 때문이다. 엄마는 없는 돈을 모아 선물을 사 갔다. 집들이가 끝나고 집으로 가고 있었다. 실수로 누나의 젖병을 엄마 친구 집에 두고 온 것이 생각나 다시 그 집으로 갔다. 문이 열려 있어서 엄마는 조용히 젖병만 가져가려고 했는데 친구네 안방에서 친구 부부가 대화하는 소리가 들렸다. 선물이 이게 뭐냐고. 거지 같은 게 땀냄새 나서 죽는 줄 알았다고.

안양에 살던 엄마는 그 무거운 선물을 들고 서울까지 걸어갔다. 친구가 보고 싶었고 초대해준 것만으로도 고마웠다. 하지만 거지 취급을 당했다. 엄마는 집이 있는 안양까지 걸으며 서러운 눈물을 쏟았다. 등에 업힌 누나를 쓰다듬으며 가난을 물려주지 않겠다고 다짐했다.

이야기를 끝내고 엄마는 절대 가난하게 살지 말라고 했다. 돈을 벌면 어떻게 쓰든 상관없다고. 다만 절대 가난해지지 말라고 했다. 나는 고개를 끄덕였다. 엄마는 우리 아들이 돈도 벌기 시작했으니 이제 고생 끝, 행복 시작이라며 좋아했다.

그동안 고생한 엄마는 당연히 행복해져야 했다. 자식들에게 용돈을 받으며 친구들과 커피점에서 수다를 떨었어야 했다. 가끔 남편에게 미운 동네 사람 욕도 한번 하면서 스트레스를 풀었어야 했다. 그러다 누나와 내가 결혼을 하고 출가하면 아빠와 단둘이 신혼 분위기를 내면서 둘만의 시간을 가졌어야 했다. 가끔 손주들도 돌보면서 이 나이에 또 애를 키우냐며 좋은 마음 숨기고 싫은 척도 했어야 했다. 자식들과 손주들이 자라는 맛에 살다가 그렇게 행복에 넘쳐 떠났어야 했다. 하지만 엄마는 병에 걸렸다. 루게릭이란 병에.

엄마는 결혼식에서 초에 불을 붙이는 게 소원이라고 했다. TV에서 호주만 나오면 나중에 아빠와 꼭 갈 거라고 했다. 루게릭병은 엄마의 미래마저 병들게 만들었다. 아빠에게 자신이 죽으면 반드시 재혼하라고 울면서 말했다. 엄마에게서 내일의 태양이 사라졌다. 가장 힘들었을 우리 엄마. 주변 사람들이 아무리 힘들다 해도 당사자만 할까.

엄마는 자존심이 세고 강한 여자였다. 그리고 총명했다. 항상 느낀 건데 가족 중 그 누구도 엄마의 머리는 못 따라갔다. 그런 사람이 병에 걸려 움직이지 못하게 됐다. 항상 우리를 휘어잡았는데 이제 일방적인 부탁을 하는 상황이 되어버렸다. 처음부터 우리는 실수를 많이 했다. 그런 모습에 엄마는 있는 잔소리 없는 잔소리를 해댔다. 우리가 고쳐지길 바랐을 거다. 하지만 우리는 꾸준히 실수를 했다. 엄마의 잔소리는 점점 작아지더니 결국 미소로 바뀌었다. 고통을 즐기기로 해버렸다.

오늘은 창가에 앉아 멀리 보이는 노부부를 봤다. 할아버지가 할머니를 휠체어에 태우고 다정하게 가고 있었다. 나는 남편하고 긴 시간을 보낼 수 있을까? 안타

까운 마음이 든다. 내가 가장 많이 생각하는 일이다. 두 번째로 많이 생각하는 건 우리 아이들 결혼할 때 해줄 일이 많은데 또 남편 옆에 빈자리가 생길까 봐 걱정이다. 촛불도 켜야 되는데 어떡하지?

나 대 지 마 라

4월 16일

무엇 때문이었는지 기억이 잘 나지 않지만 한동안 누나는 화가 나 있었다. 그래서 집 안은 냉전 중이었다.

누나와 아빠의 대화 소리에 눈을 떴다. 시간을 보니 세 시간도 못 잤다. 항상 같은 반복이다. 초저녁에서 새벽까지 엄마를 간호하고 낮에 잘 수밖에 없으니까 조용히 해달라고 부탁했었다. 하지만 두 사람은 항상 크게 떠든다. 잠을 포기하고 일어났다. 그리고 마루로 나와 힘없이 허공을 보며 말했다. 남이 잘 때 조용히 좀 해달라니까. 왜 나는 밤마다 누나랑 아빠랑 안 깨게 조용히 엄마를 간병

해주는데, 왜 다들 그러지 않는 거야? 그제야 집 안이 조용해졌다.

엄마한테도 조용히 시켜달라고 부탁했었다. 엄마는 필사적으로 조용히 하라고 말하고 싶었을 거다. 하지만 엄마는 아무 말도 못 하니 멍하니 그 모습을 바라만 봤을 거다. 엄마는 나에게 미안한 표정을 지었다.

누나는 요즘 스트레스가 많다고 했다. 밖에서 혼자 글을 쓰고 싶다고 자주 말했었는데 일찍 일어난 김에 누나에게 외출을 권유했다. 누나는 엄마에게 배고프면 밥을 주고 가겠다고 했다. 엄마는 괜찮다고 거절했다.

엄마가 앉아 있고 싶다고 했다. 나는 엄마를 앉혀 줬다. 하지만 만약 엄마가 고개가 숙여져 숨을 못 쉬는 상태가 된다면 소리 하나 내지 못해서 위험했다. 엄마는 그런 숨 쉬지 못하는 상황이 될까 무서워 나에게 옆에 있어 달라고 했다. 나갈 준비를 하던 누나가 그럼 자신이 엄마 앉아 있을 때까지 같이 있겠다고 했다.

엄마가 나를 불렀다. 도로 눕고 싶다고 했다. 더 앉아 있으라고 권했지만 그냥 눕겠다고 했다. 누나는 자기 때문에 빨리 누울 필요가 없다고 했지만 엄마는 빨리 눕고 싶다고 졸랐다. 하는 수 없이 누나는 엄마를 눕혀줬다. 그리고 곧바로 집을 나갔다.

아빠가 방에서 나왔다. 운동을 간다며 엄마에게 뭐 먹고 싶은 거라도 있는지 물어봤다. 엄마는 뜬금없이 냉면이 먹고 싶다고 말했다. 내가 며칠 전부터 엄마한테 냉면이 먹고 싶다고 말했었는데. 하지만 아빠는 엄마가 뭐라고 말했는지 알아듣지 못했다. 내가 엄마 대신 아빠에게 '냉면'이라고 말했다. 아빠는 네가 먹고 싶은 거 말고 엄마가 먹고 싶은 걸 말하라고 했다. 나를 의심했는지 다시 물어보라고 재차 강조하고 또 강조했다. 엄마가 아빠에게 화난 표정을 짓자 아빠는 알았다며 저녁으로 냉면을 사오겠다고 했다. 엄마는 오늘 내 기분이 안 좋은 걸 알고 냉면을 주문한 것 같았다. 엄마에게 물었다. 혹시 나 때문이야? 엄마는 눈을 한 번 깜빡였다. 맞다는 뜻이다. 그리고 아빠는 밖으로 나갔다.

아빠가 나간 뒤 엄마와 같이 입 운동을 했다. 루게릭
병은 엄마에게서 처음엔 손을 가져갔고 그 다음으로 발
을 가져갔다. 그리고 이제 남아 있는 목소리마저 가져가
고 있었다. 최대한 버텨야 했다. 요즘 엄마와 '아. 에. 이.
오. 우.' 발음 연습을 시작했다. 박수로 4분의 4박자를 치
며 재미있게 했다. 엄마가 뭐 부탁이라도 하면 '아. 에. 이.
오. 우.' 세 번 또는 다섯 번 시도해서 그 안에 성공하면 해
주겠다며 꾸준히 연습을 유도했다. 엄마는 연습하고 입이
좀 나아지는 걸 느끼자 혼자서도 연습을 했다. 그 모습에
우린 감동해서 어린아이처럼 펄쩍펄쩍 뛰었다. 우리는 엄
마의 작은 소리만 들려도 바로 달려 나갔는데 말 연습을
할 때마다 우리가 달려오자 겸연쩍게 웃었다.

내가 즐겨 보는 무한도전을 방영할 시간이라 소파의 누
운 엄마의 반대쪽에 누웠다. 제대로 자지 못해 잠이 몰려
왔다.

현관문 열리는 소리에 눈을 떴다. 무한도전이 끝나 있
었다. 반사적으로 엄마를 봤다. 다행히 살아 있었다. 아빠
는 비빔냉면을 곱빼기로 2인분 사 왔다. 평소 같으면 바

로 일어나 냉면을 외치며 뛰어다녔을 텐데 잠이 덜 깨서 누워 있었다. 그러다 벌떡 일어났다. 냉면을 외치면서 달려갔다. 내가 순수하게 좋아하는 모습을 볼 때 엄마가 가장 해맑게 웃는 걸 알기에.

때마침 누나도 집에 왔다. 누나는 엄마한테 배고팠냐며 냉면을 먹었다. 엄마는 배부르다고 했지만 누나는 너무 조금 먹었다며 더 먹으라고 권했다. 왜냐하면 엄마의 병이 늦춰진 이유가 체중이 늘어나서였다.

냉면을 먹고 나는 방으로 들어갔다. 그런데 마루에서 발소리가 요란하게 들렸다. 나가보니 엄마가 숨을 잘 못 쉬고 있어서 산소 호흡기를 사용하고 있었다. 엄마는 너무 배가 불러 숨쉬기가 힘들다고 했다.

무슨 일인지 누나는 화를 내며 방으로 들어갔다. 요즘 이런 생활에 많이 지쳐 있어서 작은 일에도 누나는 예민해져 쉽게 화를 냈다. 마루에는 엄마와 단둘이 남았다. 엄마와 나는 서로를 보며 소리 없이 웃었다. 엄마에게 말했다. 누나가 요즘 힘들어서 그런 거 같으니 엄마가 이해해

줘. 알았지? 엄마가 눈을 한 번 깜빡였다.

밤이 되었다. 아빠와 누나는 자고 나는 엄마 곁을 지켰
다. 엄마에게 자고 싶냐고 물었다. 엄마는 배가 불러서 잠
이 안 온다고 말했다. 드라마를 좀 더 보겠다고 했다. 모든
드라마를 섭렵한 엄마는 아끼고 아낀 드라마 '역적'을 보
겠다고 했다. 아직 안 본 드라마 역적 4편을 다운받았다.

다운로드하는 사이 엄마와 대화를 했다. 그때 왜 느닷
없이 그런 대화를 했는지 모르겠다. 엄마는 정말 똑똑하
고 센스가 넘쳐서 그게 부러워. 그게 엄마한테 배울 점인
거 같아. 엄마는 나에게 눈짓과 고갯짓으로 '네가 더 그렇
다'고 했다. 그 후로 덕담을 계속 이어갔다. 지금 생각해보
면 꿈 같은 대화였다. 드라마 다운로드가 끝났다. 엄마에
게 말했다. 엄마, 이제 드라마 다 받아졌으니까 드라마 재
미있게 봐. 엄마는 같이 보자고 했다. 난 드라마를 좋아하
지 않아 됐다고 방으로 들어갔다.

중간 중간 엄마가 잘 있는지 확인했다. 내가 볼 때마다
엄마와 눈이 마주쳤다. 괜찮아? 엄마가 눈을 한 번 깜빡였

나 대 지 마 라

다. 시간이 지나자 엄마는 이제 들어가서 자겠다고 했다. 화장실에 들렀다 방으로 데리고 갔다. 편히 잘 수 있게 자세를 잡아주고 내 방으로 들어갔다.

하지만 이내 엄마의 작은 아우성이 들렸다. 그 소리는 숨소리보다 작아 표현하기 힘든 엄마만의 언어가 되어 있었다. 아빠가 깨지 않게 엄마 귀에다 속삭였다. 왜 그래, 무슨 일 있어? 엄마는 아직도 배가 불러 잠이 안 온다고 했다. 엄마를 다시 마루로 데리고 나왔다. 아직 덜 본 드라마 역적을 이어서 봤다.

시간이 지나고 엄마는 다시 방으로 가고 싶다며 나를 불렀다. 웃음이 터졌다. 엄마에게 작게 말했다. 저기, 혹시 고문관이세요? 엄마가 웃었다. 다시 화장실을 들렀다가 방으로 데리고 갔다. 엄마, 이제 진짜 자는 거야. 알았지? 엄마의 자세를 다시 잡아줬다. 다시 내 방으로 들어갔다. 하지만 얼마 안 있어 엄마는 또 다시 작은 아우성을 냈다. 그리고 또 다시 마루로 데리고 나왔다. 잠자기를 포기하고 엄마와 일기를 썼다.

태양이 뜨고 9시에서 10시 사이였을 것이다. 엄마는 이제 진짜 자겠다고 했다. 화장실에 들렀다 방으로 데리고 갔다. 아빠가 일어났다. 나에게 고생했다며 이제 자라고 했다. 나는 알았다며 엄마의 자세를 잡아줬다. 그리고 엄마의 귀에 대고 말했다. 또 부를 거냐며 장난을 쳤다. 엄마가 웃었다. 엄마는 눈을 감은 채 미소를 짓고 있었다. 나는 잘 자라고 엄마를 가볍게 안아주고 내 방으로 들어갔다. 이제 비로소 잘 준비를 했다.

10분 뒤.
엄마는 세상을 떠났다. 그날 쉰일곱 해를 마감했다.

오늘도 무사히 하루가 지나갔다. 할 얘기가 많지만 다음에 해야겠다. 왜냐하면 마음이 바쁘기 때문이다.

8년은 그리 긴 세월이 아니다

　　장례가 시작됐다. 많은 사람들이 다녀갔다. 부산에 사는 엄마의 먼 친척들까지 왔다. 시간이 어떻게 지나갔는지 모를 정도로 정신이 없었다. 장례식 내내 울기만 했다.

　　장례식에 온 대부분의 사람들이 나를 욕했다. 누나는 엄마를 저렇게 모시는데 아들이란 놈이 집구석에서 뭘 하는 거냐고. 귀가 간지럽다 못해 피가 나는 거 같았다. 누나와 나를 보는 시선마저 극과 극이었다. 나는 아무 말도 하지 않았다.

장례식이 끝나고 셋만 남은 우리 가족은 8년 만에 엄마의 고향에 갔다. 가는 길에 이런 저런 대화를 했다. 모두 엄마에 대한 이야기였다. 그러다 그날의 기억 떠올랐다. 엄마가 루게릭병에 걸린 원인이 나 때문이라고 생각했다는 걸. 아빠와 누나에게 그 얘기를 해줬다.

누나는 그날을 기억하고 있었다. 아직까지도 내 방문엔 엄마가 남긴 공허한 구멍이 나 있으니까. 아빠는 몰랐다. 아빠도 엄마가 루게릭병에 걸렸을 때부터 병의 원인을 찾아 다녔다고 했다. 원인을 알아야 병을 고칠 수 있으니까. 아빠는 루게릭병 환자의 보호자들을 한명 한명 찾아다니며 얘기를 해봤다고 했다. 그런데 여러 가지 공통점이 있었는데 그중의 하나가 엄마와 같았다. 다른 루게릭병 환자들도 엄청 화를 낸 적이 있는데 그때 다들 뇌가 녹아내리는 경험을 했었다고.

아, 엄마 말이 맞을지도 모르겠구나. 정말 내가 원인일 수도 있겠다. 후회가 됐다. 그날 엄마가 누나한테 내려가 보라고 했을 때 가볼걸. 누나가 운동하러 나갔을 때 말릴걸. 누나를 봤다. 누나도 그날을 후회하고 있었다. 아빠는 그저 공통점일 뿐이니 너무 크게 생각하지 말라고 했다. 아빠 생각에는 오랫동안 미싱을 한 게 가장 큰 원인일 거라고 했다. 이 대화가 끝났을 때 엄마의 집 앞에 도착해 있었다.

기념이라 치고 엄마가 살던 집 앞에서 사진 한 장을 찍었다. 다 같이 웃으면서 찍었는데 사진을 보니 이런 울상이 없었다. 그때 셋이서 어렵게나마 웃었다.

오랜만에 찾은 엄마의 고향은 많이 바뀌어 있었다. 엄마가 다니던 초등학교는 사라지고 그 자리에 여름캠프가 자리를 잡았다. 유통기한 지난 식품만 팔던 구멍가게도 사라지고 편의점이 들어섰다. 이렇게 세상은 무언가가 사라지면 다른 무언가로 채워진다. 그러면 세상을 떠난 우리 엄마를 대신할 이 빈자리는 무엇으로 채워질까. 그 무엇으로도 채울 수 없을 텐데.

집에 돌아오는 길에 휴게소에 들렀다. 아이스크림을 먹으며 잠을 쫓고 있었다. 누나가 장례식에서 친구한테 이상한 소리를 들었다고 했다. 장례식에 온 사람들이 네 욕을 하는 거 같았다고. 나는 누나에게 그건 어쩔 수 없는 거라고 말했다. 나는 남자고 집에 누나가 있으니 나는 엄마 병간호를 안 할 거라고 생각하는 게 당연하다고. 누나는 아무것도 모르는 인간들이 왜 네 욕을 하냐며 울었다. 넌 억울하지도 않냐고. 너 없었으면 나는 힘들어서 자살했을 거라고 누나가 말했다. 나는 억울하지만 시간이 지나면 다 잊혀질 거라고 누나를 위로했다.

그 후 나는 호주로 떠났다.

그리고 너는 내 안에 살아간다

호주에서 좋은 경치만 보면 눈물이 났다. 맛있는 걸 먹어도, 좋은 사람들을 만나도, 눈물이 멈출 생각을 안 했다. 이런 세상을 보지 못한 채 떠난 엄마를 생각하니 마음이 찢어질 것 같았다. 내가 항상 울자 외국인 친구가 내게 말했다. 걱정 말라고. 엄마의 육체는 죽었지만 영혼은 네 마음 안에서 살아간다고.

삶의 막바지에 이르자 엄마는 수시로 응급실에 실려 갔다. 엄마가 마지막으로 앰뷸런스에 실려 갔을 때 의사가 우리에게 질문을 했었다. 환자가 지금 어려운 상태인데 약물 주입을 할지 말지 선택하라고. 약물을 주입하면 살

수도 있지만 중환자실에서 의식불명으로 있게 될 확률이 크다고. 순간 엄마의 유언이 떠올랐다. 엄마가 위급한 상황에 놓이면 그냥 죽게 내버려 두라는 말. 평생 이날이 오지 않길 빌었는데 운명을 거스를 순 없었다. 엄마를 살리고 싶었다. 하지만 엄마에게 삶은 지옥이었다. 내가 원한다고 엄마를 다시 지옥으로 부를 순 없었다. 그럼 엄마를 죽게 내버려둬야 할까? 차마 못하겠다. 선택할 수가 없었다. 그때 아빠가 말했다. 살려 달라고. 아직까지도 아빠에게 엄마의 유언에 대해 말하지 못했다. 엄마의 유언을 알게 되면 아빠는 아내의 유언조차 들어주지 못한 남편이 된다. 응급실에서 아내를 살려 달라고 했던 말을 후회할지도 모른다. 선택조차 못했던 나처럼.

우리는 엄마에게 최선을 다했다. 불타는 20대 청춘을 다 바쳤다. 엄마가 30~40대 젊음을 우리에게 바친 것처럼. 하지만 여전히 후회가 남는다. 조금 더 잘할걸. 조금 더 행복하게 만들어 줄걸. 엄마에게 잘해준 기억을 지운 채 아쉬운 마음만 자리를 잡았다.

남은 인생은 엄마를 추억하며 살아가려고 한다. 엄마

의 어릴 적 꿈이었던 작가가 되고 싶어졌다. 엄마가 좋아하는 자연 경관을 찾아다니며 사진으로, 그리고 마음속에 남기기로 했다. 가끔 고민거리가 생길 때가 있다. 그때마다 엄마라면 어떻게 했을까 생각한다. 그러면 쉽게 답이 나왔다.

　사랑하는 우리 엄마.
　항상 지켜 봐주길.
　개떡은 조금씩만 먹을 테니.